本書根據廣東省立中山圖書館藏光緒癸未年（1883）刻本影印

西樵歷史文化文獻叢書

庚園詩草

（清）何秀棣　著

广西师范大学出版社
GUANGXI NORMAL UNIVERSITY PRESS
·桂林·

庾園詩草
YUYUAN SHICAO

圖書在版編目（CIP）數據

庾園詩草 /（清）何秀棣著．—桂林：廣西師範大學出版社，2018.5
（西樵歷史文化文獻叢書）
ISBN 978-7-5598-0929-2

Ⅰ．①庾…　Ⅱ．①何…　Ⅲ．①古典詩歌－詩集－中國－清代　Ⅳ．①I222.749

中國版本圖書館 CIP 數據核字（2018）第 111817 號

廣西師範大學出版社出版發行
（廣西桂林市五里店路 9 號　郵政編碼：541004
網址：http://www.bbtpress.com）
出版人：張藝兵
全國新華書店經銷
廣西民族印刷包裝集團有限公司印刷
（南寧市高新區高新三路 1 號　郵政編碼：530007）
開本：890 mm × 1 240 mm　1/32
印張：5.875　　字數：40 千字
2018 年 5 月第 1 版　　2018 年 5 月第 1 次印刷
定價：29.00 元

《西樵歷史文化文獻叢書》編輯委員會

叢書總序

温春來　梁耀斌

呈現在讀者面前的，是一套圍繞佛山市南海區西樵鎮編修的叢書。爲一個鎮編一套叢書並不出奇，但爲一個鎮編撰一套多達兩三百種圖書的叢書可能就比較罕見了。編者的想法其實挺簡單，就是要全面整理西樵鎮的歷史文化資源，探索一條發掘地方歷史文化資源的有效途徑。最後編成一套規模巨大的叢書，僅僅因爲非如此不足以呈現西樵鎮深厚而複雜的文化底藴。叢書編者秉持現代學術理念，並非好大喜功之輩。僅僅爲確定叢書框架與大致書目，編委會就組織七八人，研讀各個版本之西樵方志，通過各種途徑檢索全國各大公藏機構之古籍書目，並多次深入西樵鎮各村開展田野調查，總計歷時六月餘之久。隨着調研的深入，編委會益發感覺到面對着的是一片浩瀚無涯的知識與思想的海洋，於是經過反復討論、磋商，決定根據西樵的實際情況，編修一套有品位、有深度、能在當代樹立典範並能夠傳諸後世的大型叢書。

天下之西樵

明嘉靖初年，浙江著名學者方豪在《西樵書院記》中感慨：『西樵者，天下之西樵，非嶺南之西樵也。』① 此話係因當時著名理學家、一代名臣方獻夫而發，有其特定的語境，但卻在無意之間精當地揭示了西樵在整個中華文明與中國歷史進程中的意義。

西樵鎮位於珠江三角洲腹地的佛山市南海區西南部，北距省城廣州 40 多公里，以境内之西樵山而得名。西樵山由第三紀古火山噴發而成，山峰石色絢爛如錦。相傳廣州人前往東南羅浮山采樵，謂之東樵，往西面錦石山采樵，謂之西樵，『南粤名山數二樵』之説長期流傳，在廣西俗語中也有『桂林家家曉，廣東數二樵』之句。珠江三角洲平野數百里，西樵山拔地而起於西江、北江之間，面積約 14 平方公里，中央主峰大科峰海拔 340 餘米。據説過去大科峰上有觀日臺，雞鳴登臨可觀日出，夜間可看到羊城燈火。如今登上大科峰，一覽山下魚塘河涌縱横，闤闠閭閻錯落相間，西、北兩江左右爲帶。②

西樵山幽深秀麗，是廣東著名風景區。然而更值得我們注意的，是以她爲核心的一塊僅有 100 多平方公里的土地，在中國歷史的長時段中，不斷產生出具有標志性意義的文化財富以及能夠成爲某個時代標籤的歷史人物。珠江三角洲是一個發育於海灣内的複合三角洲，其發育包括圍田平原和沙田平原的先後形成過程。西樵山見證了這一過程，並且在這一片廣闊區域的文明起源與演變的歷史中扮演着重要角色。作爲多次噴發後熄滅的古火山丘，組成西樵山山體的岩石種類多樣，其中有華南地區並不多見的霏細岩與燧石，這兩種岩石因石質堅硬等原因，成爲古人類製作石器的理想材料。大約 6000 年前，當今天的珠江三角洲還是洲潭遍佈、一片汪洋的時候，這一片地域的史前人類，就不約而同地彙集到優質石料蘊藏豐富的西樵山，尋找製造生產工具的原料，留下了大量打製、磨製的雙肩石器和大批有人工打擊痕跡的石片。在著名考古學家賈蘭坡

① 方豪：《棠陵文集》（收入《四庫全書存目叢書》集部第 64 册），卷 3，《記・西樵書院記》。

② 參見曾騏《珠江文明的燈塔——南海西樵山考古遺址》，廣州：中山大學出版社，1995 年。

先生看來，當時的西樵山是我國南方最大規模的採石場和新石器製造基地，北方只有山西鵝毛口能與之比肩，因此把它們並列爲中國新石器時代南北兩大石器製造場①，並率先提出了考古學意義上的『西樵山文化』②。以霏細岩雙肩石器爲代表的西樵山石器製造品在珠三角的廣泛分佈，意味着該地區『出現了社會分工與産品交换』③，這些凝聚着人類早期智慧的工具，指引了嶺南農業文明時代的到來，所以有學者將西樵山形象地比喻爲『珠江文明的燈塔』④。除珠江三角洲外，以霏細岩爲原料的西樵山雙肩石器，還廣泛發現於粵西、廣西及東南亞半島的新石器至青銅時期遺址，顯示出瀕臨大海的西樵古遺址，不但是新石器時代南中國文明的一個象徵，而且其影響與意義還可以放到東南亞文明的範圍中去理解。

不過，文字所載的西樵歷史並没有考古文化那麽久遠。儘管在當地人的歷史記憶中，南越王趙佗陪同漢朝使臣陸賈游山，唐末曹松推廣種茶，南漢開國皇帝之兄劉隱宴遊是很重要的事件，但在留存於世的文獻系統中，西樵作爲重要的書寫對象出現要晚至明代中葉，這與珠江三角洲在經濟、文化上的崛起是一脈相承的。當時，著名理學家湛若水、霍韜以及西樵人方獻夫等在西樵山分別建立了書院，長期在此讀書、講學，他們的許多思想産生或闡釋於西樵的山水之間，例如湛若水在西樵設教，門人記其所言，是爲《樵語》。方獻夫在《西樵遺稿》中談到了他與湛、霍二人在西樵切磋學問的情景：『三（書）院鼎峙，予三人常來往，講學其

① 賈蘭坡、尤玉柱：《山西懷仁鵝毛口石器製造場遺址》，《考古學報》1973 年第 2 期。
② 賈蘭坡：《廣東地區古人類學及考古學研究的未來希望》，《理論與實踐》1960 年第 3 期。
③ 楊式挺：《試論西樵山文化》，《考古學報》1985 年第 1 期。
④ 曾騏：《珠江文明的燈塔——南海西樵山考古遺址》，第 30—42 頁。

間，藏修十餘年。』① 王陽明對三人的論學非常期許，希望他們珍惜機會，時時相聚，爲後世儒林留下千古佳話，他致信湛若水時稱：『叔賢（即方獻夫）志節遠出流俗，渭先（即霍韜）雖未久處，一見知爲忠信之士，乃聞不時一相見，何耶？英賢之生，何幸同時共地，又可虚度光陰，容易失卻此大機會，是使後人而復惜後人也！』② 西樵山與作爲明代思想與學術主流的理學之關係，意味着她已成爲一座具有全國性意義的人文名山，這正是方豪『天下之西樵』的涵義。清人劉子秀亦云：『當湛子講席，五方問業雲集，山中大科之名，幾與嶽麓、白鹿鼎峙，故西樵遂稱道學之山。』③ 方豪同時還稱：『西樵者，非天下之西樵，天下後世之西樵也。』一語道出了人文西樵所具有的長久生命力。這一點方豪也没有説錯，除上述幾位理學家外，從明中葉迄今，還有衆多知名學者與文章大家，諸如陳白沙、李孔修、龐嵩、何維柏、戚繼光、郭棐、葉春及、李待問、屈大均、袁枚、李調元、温汝適、朱次琦、康有爲、丘逢甲、郭沫若、董必武、秦牧、賀敬之、趙樸初等等，留下了吟詠西樵山的詩、文，今天我們走進西樵山，還可發現 140 多處摩崖石刻，主要分佈在翠岩、九龍岩、金鼠塱、白雲洞等處。與西樵成爲嶺南人文的景觀象徵相應的是山志編修。嘉靖年間，湛若水弟子周學心編纂了最早的《西樵山志》，萬曆年間，霍韜從孫霍尚守以周氏《樵志》『誇誕失實』之故而再修《西樵山志》，清初羅國器又加以重修，這三部方志已佚失，我們今天能看到的是乾隆初年西樵人士馬符録留下的志書。除山志外，直接以西樵山爲主題的書籍尚有成書於清乾隆年間的《西樵遊覽記》、道光年間的《西樵白雲洞志》、光緒年間的《紀遊西樵山記》等。

① 方獻夫：《西樵遺稿》，康熙三十五年（1696）方林鶴重刊本，卷 6，《石泉書院記》。
② 王陽明：《王文成全書》，四庫本，卷 4，《文録・書一・答甘泉二》。
③ 劉子秀：《西樵遊覽記》，道光十三年（1833）補刊本，卷 2，《圖説》。

晚清以降，西樵山及其周邊地區（主要是今天西樵鎮範圍）産生了一批在思想、藝術、實業、學術、武術等方面走在中國最前沿的人物，成爲中國走向近代的一個縮影。維新變法領袖康有爲、一代武術宗師黄飛鴻、民族工業先驅陳啟沅、『中國近代工程之父』詹天佑、清末出洋考察五大臣之一的戴鴻慈、『嶺南第一才女』冼玉清、粤劇大師任劍輝等西樵鄉賢，都成爲具有標志性或象徵性的歷史人物。

事實上，明代諸理學家講學時期的西樵山，已非與世隔絶的修身之地，而是與整個珠江三角洲的開發聯繫在一起的。西樵鎮地處西、北江航道流經地域，是典型的嶺南水鄉，境内河網交錯，河涌多達 19 條，總長度 120 多公里，將鎮内各村聯成一片，並可外達佛山、廣州等地。① 傳統時期，西樵的許多墟市，正是在這些水邊興起的。今鎮政府所在地官山，在正德、嘉靖年間已發展成爲觀（官）山市，是爲西樵有據可查的第一個墟市。據統計，明清時期，全境共有墟市 78 個。② 西樵山上的石材、茶葉可通過水路和墟市，滿足遠近各方的需求。一直到晚清之前，茶業在西樵都堪稱舉足輕重，清人稱『樵茶甲南海，山民以茶爲業，鬻茶而舉火者萬家』③。當年山上主要的採石地點，後由於地下水浸漫而放棄的石燕岩洞，因生産遺跡完整且水陸結合而受到考古學界重視，成爲繼原始石器製造場之後的又一重大考古遺址。

水網縱横的環境使得珠江三角洲堤圍遍佈，西樵山剛好地處横跨南海、順德兩地的著名大型堤圍——桑園圍中，而且是桑園圍形成的地理基礎之一。歷史時期，西、北江的沙泥沿着西樵山和龍江山、錦屏山等海灣中島嶼或丘陵臺地旁邊逐漸沉積下來。宋代珠江三角洲沖積加快，人們開始零零星星地修築一些『秋欄基』

① 《南海市西樵山旅遊度假區志》，廣州：廣東人民出版社，2009 年，第 188—192 頁。
② 《南海市西樵山旅遊度假區志》，第 393 頁。
③ 劉子秀：《西樵遊覽記》，卷 10，《名賢》。

以阻擋潮水對田地的浸泛，這就是桑園圍修築的起因。① 明清時期在桑園圍内發展起了著名的果基、桑基魚塘，使這裡成爲珠江三角洲最爲繁庶之地。不難想象僅僅在幾十年前，西樵山還是被簇擁在一望無涯的桑林魚塘間的景象。如今桑林雖已大都變爲菜地、道路和樓房，但從西樵山山南路下山，走到半山腰放眼望去，尚可看見數萬畝連片的魚塘，這片魚塘現已被評爲聯合國教科文組織保護單位，是珠三角地區面積最大、保護最好、最爲完整的（桑基）魚塘之一。

桑基魚塘在明清時期達於鼎盛，成爲珠三角經濟崛起的一個重要標志，與此相伴生的，是另一個重要產業——繅絲與紡織的興盛。聯繫到這段歷史，由西樵人陳啟沅在自己的家鄉來建立中國第一家近代機器繅絲廠就在情理之中了。開廠之初，陳啟沅招聘的工人，大都來自今西樵鎮的簡村與吉水村一帶，而陳啟沅本人，也深深介入到了西樵的地方事務之中。② 從這個層面上看，把西樵視爲近代民族工業的起源地或許並非溢美之辭。但傳統繅絲的從業者數量仍然龐大，據光緒年間南海知縣徐賡陛的描述，當時西樵一帶以紡織爲業的機工有三四萬人。③ 作爲產生了黄飛鴻這樣深具符號性意義的南拳名家的西樵，武術風氣濃厚，機工們大都習武，並且圍繞錦綸堂組織起來，形成了令官府感到威脅的力量。民國初年，西樵民樂村的程姓村民，對原來只能織單一平紋紗的織機進行改革，運用起綜的小提花和人力扯花方法，發明了馬鞍絲織提花絞綜，首創具有扭眼通花團的新品種——香雲紗，開創莨紗綢類絲織先河。香雲紗輕薄柔軟而富有身骨，深受廣州、上海、南京等地富人喜歡，在歐洲也被視爲珍品。上世紀二三十年代是香雲紗發展的黄金時期，如民樂林村

① 曾少卓：《桑園圍自然背景的變化》，中國水利學會等編《桑園圍暨珠江三角洲水利史討論會論文集》，廣州：廣東科技出版社，1992 年，第 51 頁。

② 陳天傑、陳秋桐：《廣東第一間蒸汽繅絲廠繼昌隆及其創辦人陳啟沅》，載《中華文史資料文庫》第 12 卷《經濟工商編》，北京：中國文史出版社，1996 年，第 784—787 頁。

③ 徐賡陛：《辦理學堂鄉情形第二稟》，載《皇朝經世文續編》，近代中國史料叢刊本，卷 83，《兵政・剿匪下》。

程家一族600人，除1人務農之外，均以織紗爲業。① 隨着化纖織物的興起，香雲紗因工藝繁複、生産週期長等原因失去了競争力，但作爲重要的非物質文化遺産受到保護。西樵不僅在中國近代紡織史上地位顯赫，而且其影響一直延續至今。1998年，中國第一家紡織工程技術研發中心在西樵建成。2002年12月，中國紡織工業協會授予西樵『中國面料名鎮』稱號。② 2004年，西樵成爲全國首個紡織産業升級示範區，國家級紡織檢測研發機構相繼進駐，紡織産業創新平臺不斷完善。③ 據不完全統計，西樵整個紡織行業每年開發的新産品有上萬個。④

除上文提及的武術、香雲紗工藝外，更多的西樵非物質文化遺産是各種信仰與儀式。西樵信仰日衆多，其中較著名者有觀音開庫、觀音誕、大仙誕、北帝誕、師傅誕、婆娘誕、土地誕、龍母誕等。據統計，全鎮共擁有105處民間信仰場所，其中除去建築時間不詳者，可以明確斷代的，建於宋代的有3所，即百西村六祖廟、西邊三帝廟、牌樓周爺廟；建於元明間的有1所，即河溪北帝廟；建於明代的有2所，分别是百西村北帝祖廟和百西村洪聖廟；建於清代的廟宇有28所；其餘要麼是建於民國，要麼是改革開放後重建，真正的新建信仰場所寥寥無幾。⑤ 除神廟外，西樵的每個自然村落中都分佈着數量不等的祠堂，相較於西樵山上的那些理

---

① 《南海市西樵山旅遊度假區志》，第323頁。

② 《南海市西樵山旅遊度假區志》，第303—304頁。

③ 《西樵紡織行業加快自主創新能力》，見中國紡織工業協會主辦、中國紡織信息中心承辦之『中國紡織工業信息網』，http://news.ctei.gov.cn/zxzx—lmxx/12495.htm。

④ 《開發創新走向國際　西樵紡織企業年開發新品上萬個》，見中國紡織工業協會主辦、中國紡織信息中心承辦之『中國紡織工業信息網』，http://news.ctei.gov.cn/zxzx—lmxx/12496.htm。

⑤ 梁耀斌：《廣東省佛山市西樵鎮民間信仰的現狀與管理研究》，中山大學2011年碩士學位論文。

學聖地，神靈與祖先無疑更貼近普通百姓的生活。西樵的一些神靈信仰日，如觀音誕、大仙誕，影響遠及珠江三角洲許多地區乃至香港，每年都吸引數十萬人前來朝聖。

傳統文化的基礎工程

上文對西樵的一些初步勾勒，揭示了嶺南歷史與文化的幾個重要面相。進而言之，從整個中華文明與中國歷史進程的角度去看，西樵在不同時期所産生的文化財富與歷史人物，或者具有全國性意義，或者可以放在中華文明統一性與多元化的辯證中去理解，正所謂『西樵者，天下之西樵，非嶺南之西樵也』。不吝人力與物力，將博大精深的西樵文化遺産全面發掘、整理並呈現出來，是當代西樵各界人士以及有志於推動嶺南地方文化建設的學者們的共同責任。這決定了《西樵歷史文化文獻叢書》不是一個簡單的跟風行爲，也不是一個隨便的權宜之計。叢書是展現給世界看的，也是展現給未來看的，我們力圖把這片浩瀚無涯的知識寶庫呈現於世人之前，我們更希望，過了很多年之後，西樵的子孫們，仍然能夠爲這套叢書而感到驕傲，所有對嶺南歷史與文化感興趣的人們，能夠感激這套叢書爲他們做了非常重要的資料積纍。根據這一指導思想，經過反復討論，編委會確定了叢書的基本内容與收録原則，其詳可參見叢書之『編撰凡例』，在此僅作如下補充説明。

叢書尚在方案論證階段，許多知情者就已半開玩笑半認真地名之爲『西樵版四庫全書』，這個有趣的概括非常切合我們對叢書品位的追求，且頗具宣傳效應，是對我們的一種理解和鼓舞。但較之四庫全書編修的時代，當代人對文化與學術的理解顯然更具多元性與平民情懷，那個時代有資格列入『四庫』的，主要是知識精英們創造的文字資料，我們固然會以窮搜極討的態度，不遺餘力地搜集這類資料，但我們同樣重視尋常百姓書寫的文獻，諸如家譜、契約、書信等等，它們現在大都散存於民間，保存狀況非常糟糕，如果不及時搜集，就會逐漸毀損消亡。

能夠體現叢書編者的現代意識的，還有邀請相關領域的專業人士以遵循學術規範爲前提，通過深入田野調查撰寫的描述物質文化遺産、非物質文化遺産的作品。這兩部分内容加上各種歷史文獻，構成了完整的地方傳統文化資源。目前不管是學術界還是地方政府，均尚未有意識地根據這三大類别，對某個地域的傳統文化展開全面系統的發掘、整理與出版工作。在這個意義上，《西樵歷史文化文獻叢書》無疑具有較大開拓性、前瞻性與示範性。叢書編者進而提出了『傳統文化的基礎工程』這一概念，意即拋棄任何功利性的想法，扎扎實實地將地方傳統文化全面發掘並呈現出來，形成能夠促進學術積累並能夠傳諸後世的資料寶庫，在真正體現出一個地方的文化深度與品位的同時，爲相關的文化産業開發提供堅實基礎。希望《西樵歷史文化文獻叢書》的推出，在這個方面能産生積極影響。

高校與地方政府合作的成果

西樵人文底蘊深厚，這是叢書能夠編撰的基礎；西樵鎮地處繁華的珠江三角洲，則使得叢書編撰有了充足的物質保障。然而，這樣浩大的文化工程能夠實施，光憑天時、地利是不夠的，一群志同道合的有心者所表現出來的『人和』也是非常關鍵的因素。

2009 年底，西樵鎮黨委和政府就有了整理、出版西樵文獻的想法，次年 1 月，鎮黨委書記邀請了中山大學歷史學系幾位教授專程到西樵討論此事。通過幾天的考察與交流，幾位鎮領導與中大學者一致認定，以現代學術理念爲指導，爲了全面呈現西樵文化，必須將文獻作者的範圍從精英層面擴展到普通百姓，並且應將物質文化遺産與非物質文化遺産的内容也包括進來，形成一套《西樵歷史文化文獻叢書》。爲了慎重起見，決定由中大歷史學系幾位教授組織力量進行先期調研，確定叢書編撰的可行性與規模。經過6個多月的努力，調研組將成果提交給西樵鎮黨委，由相關領導與學者坐下來反復討論、修改、再討論……，並廣泛徵求西樵地方文化人士的意見，與他們進行座談。歷時兩個多月，逐漸擬定了叢書的編撰凡例與大致書目，並彙報給南海區委、區政府與中山大學校方，得到了高度重視與支持。2010年9月底，簽定了合作協議，組成了《西樵歷史文化文獻叢書》編輯委員會，決定由西樵鎮政府出資並負責協調與聯絡，由中山大學相關學者牽頭，組織研究力量具體實施叢書的編撰工作。

值得一提的是，《西樵歷史文化文獻叢書》是近年來中山大學與南海區政府廣泛合作的重要成果之一，並爲雙方更深入地進行文化領域的合作打下了堅實基礎。2011年6月，中山大學與南海區政府決定在西樵山共建『中山大學嶺南文化研究院』，康有爲當年讀書的三湖書院，經重修後將作爲研究院的辦公場所與教學、研究基地。嶺南文化研究院秉持高水準、國際化、開放式的發展定位，將集科學研究、教學、學術交流、服務地方爲一體，力争建設成爲在國際上有較大影響的嶺南文化研究中心、資料信息中心、學術交流中心、人才培養基地。研究院的成立，是對西樵作爲嶺南文化精粹所在及其在中華文明史中的地位的肯定，編撰《西樵歷史文化文獻叢書》也順理成章地成爲研究院目前最重要的工作之一。

在已超越温飽階段，人民普遍有更高層次追求，同時市場意識又已深入人心的中國當代社會，傳統文化迎來了新一輪的復興態勢。這對地方政府與學術界都是新的機遇，同時也産生了值得思考的問題：如何在直接的經濟利益與謹嚴求真的文化研究之間尋求平衡？我們是追求短期的物質收穫還是長期的區域形象？當各地都在弘揚自己的文化之際，如何將本地的文化建設得具有更大的氣魄和胸襟？《西樵歷史文化文獻叢書》或許可以視爲對這些見仁見智問題的一種回答。

叢書編撰凡例

一、本叢書的『西樵』指的是以今廣東省佛山市南海區西樵鎮爲核心、以文獻形成時的西樵地域概念爲範圍的區域，如今日之丹灶、九江、吉利、龍津、沙頭等地，均根據歷史情況具體處理。

二、本叢書旨在全面發掘並弘揚西樵歷史文化，其基本内容分爲三大類別：（1）歷史文獻（如志乘、家乘、鄉賢寓賢之論著、金石、檔案、民間文書以及紀念鄉賢寓賢之著述等）；（2）非物質文化遺産（如口述史、傳説、民謡與民諺、民俗與民間信仰、生産技藝等）；（3）自然與物質文化遺産（如地貌、景觀、遺址、建築等）。擴展内容分爲兩大類别：（1）有關西樵文化的研究論著；（2）有關西樵的通俗讀物。出版時，分别以《西樵歷史文化文獻叢書·歷史文獻系列》、《西樵歷史文化文獻叢書·非物質文化遺産系列》、《西樵歷史文化文獻叢書·自然與物質文化遺産系列》、《西樵歷史文化文獻叢書·研究論著系列》、《西樵歷史文化文獻叢書·通俗讀物系列》命名。

三、本叢書收録之歷史文獻，其作者應已有蓋棺定論（即於 2010 年 1 月 1 日之前謝世）；如作者爲鄉賢，則其出生地應屬於當時的西樵區域；如作者爲寓賢，則作者曾生活於當時的西樵區域内。

四、鄉賢著述，不論其内容是否直接涉及西樵，但凡該著作具有文化文獻價值，可代表西樵人之文化成就，即收録之；寓賢著述，但凡作者因在西樵活動而有相當知名度且在中國文化史上有一席之地，則其著述内容無論是否與西樵有關，亦收録之；非鄉賢及寓賢之著述，凡較多涉及當時的西樵區域之歷史、文化、景觀者，亦予收録。

五、本叢書所收録紀念鄉賢之論著，遵行本凡例第三條所定之蓋棺定論原則及第一條所定之地域限定，且叢書編者只搜集留存於世的相關紀念文字，不爲鄉賢新撰回憶與懷念文章。

六、本叢書收録之志乘，除此次編修叢書時新編之外，均編修於 1949 年之前。

七、本叢書收録之家乘，均編修於 1949 年之前，如係新中國成立後的新修譜，可視情況選擇譜序予以結集出版。地域上，以 2010 年 1 月 1 日之西樵行政區域爲重點，如歷史上屬於西樵地區的百姓願將族譜收入本叢書，亦從其願。

八、本叢書收録之金石、檔案和民間文書，均產生於 1949 年之前，且其存在地點或作者屬於當時之西樵區域。

九、本叢書整理收録之西樵非物質文化遺產，地域上以 2010 年 1 月 1 日之西樵行政區域爲準，內容包括傳説、民謡、民諺、民俗、信仰、儀式、生產技藝及各行業各戰綫代表人物的口述史等，由專業人員在系統、深入的田野工作基礎上，遵循相關學術規範撰述而成。

十、本叢書整理收録之西樵自然與物質文化遺產，地域上以 2010 年 1 月 1 日之西樵行政區域爲準，由專業人員在深入考察的基礎上，遵循相關學術規範撰述而成。

十一、本叢書之研究论著系列，主要收録研究西樵的專著與單篇論文，以及國内外知名大學的相關博士、碩士論文，由叢書編輯委員會邀請相關專家及高校合作收集整理或撰寫而成。

十二、本叢書組織相關人士，就西樵文化撰寫切合實際且具有較強可讀性和宣傳力度的作品，形成本叢書之通俗讀物系列。

十三、本叢書視文獻性質採取不同編輯方法。原文獻係綫裝古籍或契約者，影印出版，並視情況添加評介、題注、附録等；如係碑刻，採用拓片或照片加文字等方式，並添加説明；如爲民國及之後印行的文獻，或影印出版，或重新録入排版，並視情況補充相關資料；新編書籍採用簡體横排方式。

十四、本叢書撰有《西樵歷史文化文獻叢書書目提要》一冊。

總目

評介

王雪瑩

《庾園詩草》的版本及收藏

《庾園詩草》二卷，清何秀棣撰，由其子何文敘、何文倜校字，省城龍藏街萃文堂於光緒九年（1883）刊印。現有版本二，其一藏於廣東省立中山圖書館，其二藏於中山大學圖書館。查中山大學所藏原書，書高29.15釐米，書寬15.6釐米，版框高17.5釐米，寬12.3釐米。其版框之上尚有藏書人所做之注，附有印章，疑爲謝山。下卷封面底部有印呈『徐氏南州書樓寄託』字樣。應曾藏于徐氏南州書樓①，後轉藏中山大學圖書館。後廣州出版社據此本影印出版，收于《廣州大典》第五十六輯，集部別集類，第五十册。正文刻本，半頁十一行二十一字，左右雙邊，單魚尾，白口。卷前有陳璞、梁啟康爲其所撰之序，卷後有伍仲贊爲其所題之跋。《詩草》上下卷均無目録，詩文或是按照時間排序。自下卷咸豐八年作詩《戊午元旦》之後，詩

① 南州書樓，是徐信符的藏書樓，自民國十七年（1928年）始稱南州書樓。相關研究參見廣東炎黄文化研究會，番禺炎黄文化研究會編：《嶺嶠春秋——徐信符研究文獻集》，廣州：廣東人民出版社，2004。《庾園詩草》曾被收藏于該藏書樓當中，可參見該研究文獻集中王潔玉的論文《南州書樓藏書聚散之管見·附件一：冼玉清編＜南州書樓所藏廣東書目＞》（第76頁）。

文時間序列才較爲清晰。其中收録有何秀棣與友人互贈的詩歌、抒發胸臆的詩文、訪友交遊留下的詩作等。

何秀棣，字輝章，又字嶽緣，南海西樵人（磴邊村）。生於嘉慶二十一年（1816年），去世於光緒七年（1881年）。何秀棣三次赴考未中，又不喜羊城『標榜聲氣之士』，而避居西樵，修葺庚園，建立自己的世外桃源。① 此後，他致力于寫詩，『積至千餘首』，但咸豐年間，由於英法聯軍進佔廣州，詩稿散佚。在他過世之後，經叔榮、季榮（何氏之子文傚、文倜，何氏本有四子，伯、仲早逝②）整理出十餘帙，刊刻出版。③ 文稿成册之後，光緒九年正月得到了陳璞、伍仲贊爲文稿所作序、跋，並於秋月請從省城會試返鄉的梁啟康④再作一序，最終得以成《庚園詩草》。

在中山大學館藏的版本中，另一個十分引人注目的，便是藏書者『謝山』對詩文的批註。⑤ 筆者能力有限，尚未能考明謝山是爲何人，但從他在書中的批註，或能對此人有一定的瞭解。謝氏讀《和姪孫雨樓題棲碧山房原韻》一文之後，曾感：『山房在官山高街，情景逼真』⑥。在《過不浪舟即事贈主人陳啟標》一文

---

① 陳璞：《庚園何君墓志銘》，《庚園詩草》卷下墓志銘附，第一頁上至第二頁下。
② 陳璞：《庚園何君墓志銘》，《庚園詩草》卷下墓志銘附，第一頁上至第二頁下。
③ 《梁啟康序》，《庚園詩草》。
④ 梁啟康，光緒壬午（1882年）舉人。同治六年、八年，曾兩次以生員的身份，參與提請南海縣、順德縣撥發帑銀，以資助修建桑園圍的河堤，保護圍内免受西江、北江的水害。參見（清）鄭葖修，桂坫纂《（宣統）南海縣誌・卷十選舉表》；《請撥帑歲修呈》《續請撥帑專注首險呈》，（清）明之綱《桑園圍總志》卷十四，丁卯歲修志，清同治羊城西湖街富文齋刻本。
⑤ 『謝山』的批註均出自中山大學圖書館館藏本，後文注釋均簡稱『中大館藏本』。其他何秀棣詩文中，兩個版本並無不同，因省略不注版本資訊。
⑥ 《庚園詩草》，卷上第十九頁下，中大館藏本。

之上，還補注有陳啟標的個人資訊：『陳啟標，簡村繼昌隆東主，陳啟樞之弟，陳啟元之兄』①。由此可見，謝山對官山、簡村十分熟悉。兩地均位於西樵山下，想必謝山亦生活在西樵山附近的村莊當中。另外，謝山的批註透露了一些時間資訊。謝山曾注明『辛卯七月十六日』，即光緒十七年（1891），對何秀棣《三月三日聞招水樵之訃》一文作有批註（卷下第五頁下）。繼而在上卷第二十四頁，謝山讀到何秀棣詩中『馬援聲名動，百蠻野戰已』的『援』字，回憶道：『前廿年，考南海縣試，以馬援命題，邑侯表明此字應讀仄聲，想必有所本。』② 由此，或可推測，謝山曾於光緒十五年參加過南海的縣試。根據這些資訊，基本可以認定謝山應與何秀棣屬同邑之人，他所補注的一些地方資訊，或可參考。

何秀棣的交遊與贈詩

《庚園詩草》並無目録，上卷亦無清晰的作文時間。但收録的詩篇透露了些許資訊，有助於我們瞭解一些對何秀棣有影響的人、事。詩文集中，伍湘卿應是何秀棣較早結識的友人。二人相見後的贈詩被放在了《詩草》上卷第五首，也是整本詩文集中第一首交遊之詩。③ 伍湘卿即伍仲贊，正是後來給《庚園詩草》寫跋之人。仲贊，字湘卿，《順德縣誌》有傳稱其『致力於經史、輿地、詞章、算學，名噪一時』，不結交富貴，閉

① 《庚園詩草》，卷下第三十二頁上，中大館藏本。
② 《庚園詩草》，卷上第二十四頁上，中大館藏本。
③ 《次伍湘卿見贈原韻》，《庚園詩草》卷上，第二頁上下。

門著書，他『以海邦樸學額表其廬』。可惜他『晚年以著作付之一炬，謂此皆糟粕云』，似並未有詩文集流傳。① 或因二人均未在朝任職，又有著作詩爲學的傲氣，得以意氣相投。正如《次伍湘卿見贈原韻》所說：『憶昔論交日，知音無幾人。十年貧似舊，一見益相親。節勿風霜改，詩兼鮑庾新。高歌兩狂士，同仰葛天民！』② 兩人相見，交談甚歡，成爲友人。於何秀棣而言，結識伍湘卿似乎影響了他後來的交友軌跡。

上卷《次伍湘卿見贈原韻》後的第二首，便是《懷陳古樵》一詩。陳古樵，也即爲《庚園詩草》首篇作序的陳璞。陳璞，又稱陳古樵，番禺人，咸豐元年辛亥科舉人，任江西安福知縣。③ 陳璞所作詩文，經他的兒子陳衍昌整理校字，刊行有《尺岡草堂遺集》十二卷④。《庚園何君墓志銘》和《何岳緣庚園詩草序》也被收入在陳璞的文集當中。陳璞『善畫工詩』，又中舉之後，在朝中擔任一官半職，常贈畫題詩，與友人作詩往來。⑤ 他的交友相對廣泛，而伍湘卿正是其中一人。若將《庚園詩草》中《懷陳古樵》一詩，及其後

---

① 伍湘卿，《尺岡草堂遺集》《順德縣誌》中偶寫作伍襄卿，為行文統一，文中均作『湘』。（民國）周之貞修，周朝槐纂《（民國）順德縣誌》，卷十八，《列傳三》，民國十八年刻本。

② 《庚園詩草》卷上，第二頁上下。

③ （清）史澄《（光緒）廣州府志》卷四十六，《選舉・表十五・舉人》，清光緒五年刊本。

④ 《尺岡草堂遺集》為光緒十五年刻本，息廬藏版，共十二卷。其中包括《尺岡草堂遺詩》八卷，《尺岡草堂遺文》四卷。原書收藏於復旦大學圖書館，經影印收于《續修四庫全書》第 1547 册，集部別集類。陳璞為何秀棣所作之《序》《墓志銘》分別收於《尺岡草堂遺文》第一卷與第三卷當中。

⑤ 據金武祥《粟香隨筆》卷三，陳璞曾送山水畫給吳魯庵，並附題詩；馮詢的詩集《子良詩存》中也有《答陳古樵大令（璞）及送之任安福》之詩，可見陳璞多與同輩贈詩、回詩，以會友。

的十首詩①，與《尺岡草堂遺集》中《招同伍湘卿招水樵單小泉集塵隙草堂贈主人何岳緣》及後續九首詩②結合來看，可知何秀棣結識友人之經過。

何秀棣弱冠之時，『自彙所作，曰《塵隙草堂吟稿》』③，此時他的居所，也即塵隙草堂。何秀棣在與伍湘卿結識之後，邀請伍湘卿及其友人招水樵、單小泉、陳璞幾人相聚塵隙草堂。通過伍湘卿，何秀棣與陳璞、單小泉得以相識，並相互贈詩（疑伍湘卿並未到訪）。④後因單小泉『有遊樵之約』只能先行離開，何秀棣、陳璞、招水樵泛舟出遊，卻遇上雷雨大作，『隔岸青山失，鄉心午夜摧。挑燈不成寐，愁緒亂雲堆』。⑤次日早晨，送別招水樵之後⑥，何、陳二人打算上西樵山觀日出。⑦冒雨前往西樵山，借宿於大科峰『故人家』⑧——簡弁群的家中。當晚陳璞贈畫，何秀棣題詩，贈給了屋主（簡弁群）收藏。⑨次日天空仍未放

① 《庚園詩草》卷上，第三頁上至第五頁上。
② 《尺岡草堂遺集》卷一，第五頁上至第七頁上。
③ 《伍仲贄跋》，《庚園詩草》。
④ 《招同伍湘卿招水樵單小泉集塵隙草堂贈主人何岳緣》，《尺岡草堂遺集》卷一，第五頁上；《懷陳古樵》《和單小泉見贈原韻》，《庚園詩草》卷上，第三頁上。
⑤ 《舟中遇雨》，《庚園詩草》卷上，第三頁下。
⑥ 《別招水樵》，《庚園詩草》卷上，第三頁下。
⑦ 『大科峰觀日出，值雨宿村社，曉猶未晴也。』《尺岡草堂遺集》卷一，第五頁下至第六頁上。
⑧ 《望大科村》，《庚園詩草》卷上，第三頁下。
⑨ 《夜宿晤樵山館為簡弁群題陳古樵畫》，《庚園詩草》卷上第四頁上。

晴，一行便來到白雲洞遊覽，夜宿龍從閣。① 下山後陳璞便與何秀棣辭别，何氏贈漆硯以留念。② 陳璞本與伍湘卿交往甚篤；而此次相聚之後，陳璞與單小泉成爲好友，二人亦多有詩文往來。③ 《庚園詩草》後續交遊詩文的主要對象，都是此次同遊時所結識的友人。何秀棣多與伍湘卿交流近況；常遊西樵山，訪簡弁群；咸豐年間躲避戰亂，到省城時，拜訪陳璞④；聽聞招水樵過世時，作有《三月三日聞招水樵之訃》一文⑤，等等。

『詩人之詩』——管窺嶺南之徑

正如上文所説，《庚園詩草》中收録的交遊贈詩對象，與塵隙草堂一聚有着密切關係。或也正是因此，謝山在通覽全文之後，寫有如下之感：

『庚園之詩，詩人之詩也。但其局面太小，其佳處又爲一序一跋所掩蓋。序跋不能實實指出其長，只半吞半吐，自以爲眼高，不輕讚揚。今讀者從而輕之，殊可惜也。觀其遊覽，南至虎門，西至鼎湖，其所交遊，又

① 《游白雲洞》《游白雲洞夜宿龍從閣》，《庚園詩草》卷上第四頁下；《宿白雲洞龍從閣》，《尺岡草堂遺集》卷一，第六頁下。
② 《下山與岳緣别》《岳緣贈漆硯賦此為謝之》，《尺岡草堂遺集》卷一，第七頁上下。
③ 《尺岡草堂遺集》卷一第十頁上、卷二第九頁等篇。
④ 謝山注《内人生日》：『時避甲寅之亂，寄居省城。』《庚園詩草》卷上，第三十頁下，中大館藏本。
⑤ 《庚園詩草》卷下，第五頁下至第八頁上。

只陳古樵、伍湘卿諸人而已。不知陳、伍皆勢利之徒（觀序跋可見），難獲他山之助也。古之李杜韓蘇，皆有官秩，讀破萬卷，又必須登廊廟，覽山川，結交海內名流，然後氣局、間接自能闊大，良友切磋自能精進。否則鳥啼蟲吟，沾沾自喜，雖有佳處，而邊幅狹隘。使庚園若能如是，詩之進境更難量也。』①

何秀棣居於西樵，又曾遊歷虎門、鼎湖，吟誦的乃是『詩人之詩』。但謝山認爲他交遊不夠廣泛，缺少切磋精進的機會，爲他感到惋惜；同時又十分嘆惜其詩文佳處爲序跋所掩蓋。不過，謝山對陳璞、伍湘卿行文的理解會有些許偏頗，他認爲伍氏『舍現在之詩，而論其佚詩』②，並沒能指出何氏的長處。就跋的內容來看，伍湘卿與何秀棣弱冠便相識，但何秀棣弱冠所寫的《塵隙草堂吟稿》，不知是因刪減還是散佚，並沒有被納入《庚園詩草》當中予以刊佈。③ 伍氏本意，應是想要表達作者作品散佚之可惜，且僅一本《詩草》並不足以展現何氏之才華，而謝氏則做出了不同的理解。

何秀棣《庚園詩草》一書，不僅能欣賞何氏詩文，瞭解他的人生感悟，亦可略窺 19 世紀西樵山文人間的交遊。謝山對詩文讀後之感，且不論其立論是否允當，均可見當時文人對詩歌的好惡，進而折射出當時嶺南文化的搖曳姿態。

① 《庚園詩草》卷下墓志銘附，第二頁下謝山注，中大館藏本。
② 《庚園詩草》卷下《跋》，第一頁上，謝山注，中大館藏本。
③ 《伍仲贊跋》，《庚園詩草》。

庚園詩草

光緒癸未

陳璞題

西樵之東北玉峰珠峰兩崖迴抱中有深谷曰玉巖瀑泉注焉而匿石蔽其外游者但聞水聲潺湲大者如鐘如磬小者如琴筑其瀑不得而見也拔蒙茸緣巉巖攀躋

巨石而上於後靚跳珠濺雪狀若垂練果於絕壁其幽隱如是故其名不著而知者尠沿其麓又東北有山郁郁之背有園林木蔚茂曰庚園則吾故人何岳緣居之岳緣為人

簡默靜穆器量深邃能文工
詩不求仕進亦不自表襮遇富
貴人輒引避其志趣一若是嚴
之窕窱闃寂作為詩歌又若是
巖之泉聲琤琤琮琮能滌人塵
慮余與岳緣交數十年少日

嘗來羊城署其寓曰塵隙艸堂所與樽杯酒相唱和類多憔悴專一之士其逐聲氣者亦與焉既而歸庚園不復出二三知好時寄以詩而已余遊西樵輒過庚園信宿開軒面玉巖諸峯

煙翠滿几席岳緣日哦其間
成庚園詩二卷余返羊城語
諸同人皆歎曰推山清穎幽秀
若斯人爲稱也今岳緣往矣乞
子二人皆能讀父書以其詩付
梓乞序於余余忝知好不能

三

無言也乃書余所稔於岳緣
者以序之
光緒九年正月陳璞

何氏里居在樵之珠崖沿麓百武
外岳緣於隟地築園愛蘭成小園
賦因以庾名焉起屋數園三四十
年及彙所作詩又以庾園名焉集
志所尚也岳緣少聰穎弱冠即以詩
文家於時旨趣高遠翛然蓬依之

四

表朋輩多蔑之壯氣謝名場不事舉業更肆力于詩以攻生平所作積至千餘首迨經甲寅之亂流離播遷雖室家幾不保自全散軼零落亦不暇恤也歿後喆嗣薌榮季棠收拾餘帙付諸剞劂刻既成適

余從都還季榮抱詩來乞且以
序見屬展閱其卷則已陳君古樵
序于前伍君襄卿跋于後矣二君皆
余素識其詩之妙二君皆言之余又
何說耶迴懷疇雅交游彈指數
十年間零落殆盡是可悲已正兩

伍

世訂交如岳緣者年齒不甚相遠而少相親長相師老相慰乃又見垂死而序其詩則余之老且衰是又可傷也夫拯卷增感即以所識當序云尔

光緒九年孟秋梁肇康

庚園詩草卷上

何秀棣岳緣撰

訪昌華苑故址

百年多恨此閒身惆悵東風倍愴神荔子灣頭誰買夏
榴花橋外獨尋春可憐萬古團圝月曾照當時歌舞人
偶向西園訪遺址長隄依舊草如茵
廢苑哀蛩續斷聞無端身世感浮雲故宮寂寞餘金粉
大地蒼茫對夕曛春去漫尋芳草徑夜深誰弔素馨墳
我來莫問興亡事慷慨悲歌酒欲醺

半塘觀荷

散步西郊外香風吹我前四圍花作壁十里水爲田明月照清影荒村生遠烟卻憐溪畔女深夜盪歸船

讀韓致堯香匳集

温李同爭日下名冬郎才調出咸京巫山雲雨都疑夢繡陌鶯花亦有情絕代風流誇綺思暮年忠憤變新聲當時心事知誰託棖觸無端幽恨生

鼎湖觀瀑歌

鼎湖之山高接天上與銀漢相通連飛泉一瀉數百丈晝夜不舍如奔川我聞水向地中出奔騰澎湃來無邊茲何倒挽掛峭壁豈有靈液儲其巓雷霆叱咤山鬼泣

白龍起舞空中旋探奇至此歎幽絕千峯萬壑趨我前
塵心一洗萬慮寂枕流擬向山中眠我家僻處樵山麓
四壁拱立羅雲烟幽巖曲折瀉清快兀坐相對神怡然
去歲羅浮覽奇迹黃龍洞裏看流泉萬松陰森毛髮豎
清流激石聲喧闐山山谿壑各自別天公結構無相沿
安能五岳遍登眺千狀萬態窮雕鐫長歌一呼四山應
相度徑欲招飛仙遨遊詎待畢婚嫁休使塵俗常牽纏
青鞋布襪自茲始招隱漫賦淮南篇

次伍湘卿見贈原韻

憶昔論交日知音無幾人十年貧似舊一見益相親節

勿風霜改詩兼鮑庾新高歌兩狂士同仰葛天民

初春雜興

高懷抗千古覷世何茫然酒飲每過度詩吟無卒篇境幽容鵲噪午倦枕書眠夢醒常疑夜斜陽尚半天

深院聞啼鳥春聲破寂寥山光明夕照柳色隔溪橋爆竹兒童戲酒香鄰父邀江村足風景幽隱別塵囂

俯仰有眞樂悠然生遠思燕歸營舊壘鶴立占高枝雨過水流急風輕雲去遲日長無箇事花影上疎籬

曉起浩無際烟波漾隔津野風吹草碧細雨長苔痕性懶常嫌客家貧亦買春人生貴自適何事逐風塵

懷陳古樵

相去無十里會晤良亦艱賢者不得志困頓悲寒酸鴻雁從北來哀鳴空際盤稻粱終歲謀心力俱已殫感此故不寐獨立倚闌干娟娟秋月明北風吹林端四序忽摧斥歲月不我寬徘徊中夜心思君以長歎君爲倜儻才文筆翻波瀾意氣薄霄漢結心披膽肝世俗聲氣逐舉目寡所歡永懷素心人蕭蕭更漏殘

和單小泉見贈原韻

舉世無肝膽高風且屬誰論交今十載愧我識公遲雅志不諧俗鴻文多壯思遊蹤他日約相晤又何時時小泉有

遊樵之約

舟中遇雨

海角天如墨風帆一面開怒雷奔地出飛雨渡江來隔岸青山失鄉心午夜摧挑燈不成寐愁緒亂雲堆

別招水樵

悠悠空際雲無風自來去渺渺江上萍聚散竟何處感此傷別離惆悵坡山渡秋色滿庭階落日照江樹今日送君歸相思向誰訴時望好風來惠我書尺素

望大科村

冒雨遊西樵百級丹梯度遙指故人家茫茫隔烟樹

大科村訪簡弁羣

我來訪友叩柴關雨後千峯洗翠鬟茅舍竹籬聞犬吠
不知身在萬重山

夜宿晤樵山館爲簡弁羣題陳古樵畫

濛濛烟雨中一徑盤崖上路過梅花村寒泉咽幽響野
樹不知名夾道羅森爽登眺大科頭萬象忿俯仰夜宿幽
人居歸雲溼書幌

過雲路村感舊柬古樵

青山無恙我重來積雨層雲鬱不開憶昔漫天風雪裏
也隨劉阮訪天台

遊白雲洞

摩天峭壁劈烟巒冒雨人來快大觀四面峯攢山氣逼
半空雲瀉水聲寒橫橋臥石通幽徑飛閣臨流倚畫闌
同立巖前最高處此身應作畫圖看

遊白雲洞夜宿寵嵸閣

夾道奔流急危陂路不平樓臺山一角林木鳥千聲怪
石迎人立寒雲拂袖生夜來新月上應照夢魂清

送同遊諸子返棹佗城

十里滄波夕照殘送君孤棹到江干數聲歸雁雲中杳
一路寒山水面看風雨舊遊留雪爪烟霞新詠入毫端

華峯又訂探梅約時小泉約羅岡洞探梅 尚有高人興未闌

聞秋風

廢壁蛩吟苦蕭蕭木葉乾萬家砧杵急深院翦刀寒古渡霜初落孤燈夜欲闌何堪更聞雁獨自倚闌干

雨夜

竟夕不成寐空階聞雨聲哀蟲鳴唧唧簷馬響錚錚獨對一燈寂無端百感生野塘春水漲不盡故鄉情

夜渡登洲

幾家籬落枕江流山色空濛雨乍收好是月明風靜後數聲柔櫓渡登洲

村居即事

萬壑潺潺雨後泉曈曨初日照晴烟樵西三月好天氣開遍半山紅杜鵑

玉岩

一徑入寒碧四山皆暮烟行行越林表夾道雲松喧岩壑閟雨色彷彿春山妍縹緲嵐靄間兩峰高插天飛濤白如練倒瀉青冥巔可望不可即徙倚心懸懸野屋枕山曲一線通延緣蟻行度危石逼仄勢欲顛澗草高過人幽卉含芳鮮陰崖破空翠石隙流暗泉四望苦扳躋欲卻還欲前深巖瞰無際奔流成巨淵昔聞野老言中

有蛟龍潛

訪招水樵於橫沙夜宿知稼樓

徙倚樓頭供晚眺蒼茫暝色遍西郊傍籬小犬吠花影遠渡寒燈出樹梢是處溪山足幽隱漫將月夜等閒拋柴門寂寂人歸後野竹鳴風隔戶敲

湘卿養疴嘉樹堂余過問訊作此奉贈

訶子林深綠滿庭迴廊曲折叩禪扃九天梵語迎風細五夜鐘聲隔座聽借宿乍留徐孺榻感懷常夢伍喬星我來一訪維摩病吟骨崚嶒碧鸛形

再呈湘卿

古寺鐘聲趁夕陽偶然行藥過僧房從來夢境空花幻
且領訶林貝葉香索米誰令方朔飽悲歌聊效嗣宗狂
獨松溪下烟波好遊子思歸有故鄉獨松溪爲湘卿故居

招水樵以牡丹菊見贈詩以謝之

已過重陽九月天滿城風雨尙凄然故人家住濤峯下
日擁名花醉欲眠
數枝濃淡晴香浮簾捲西風雨乍收不是方諸上眞館
卻來分贈半籬秋
何由得喚牡丹名隱逸花猶富貴稱最是傾城好顏色
故敎風月價尤增

叮嚀遠致數行書移向幽人伴索居芍藥也堪爲近侍

小窗閒對足相於

客居誰慰寂寥心照眼秋光喜不禁從此東籬有佳色

不須遥爲晚花吟

洒卻胭脂淡淡粧別饒姿態出羣芳傲霜有骨非誇豔

陋矣儈鞋石上香

誰教秋柿比春花佳種貽來處士家寄語禺東老樵長

陳古樵自號禺東樵長　他時應作畫圖誇

前詩既成忽憶水樵有還來就菊花語復作一絕

旅館孤燈聞雁聲懷人江岸不勝情明年知否横溪路

得踐重陽就菊盟

秋懷

東籬開數菊花枝，庭幕陰陰日暮時。無事且同犀首醉，有才難學虎頭癡。何堪夜半聞風雨，每到秋深感别離。欲把閒愁暫拋卻，碧燈如豆苦相思。

七月七日過平州訪伍湘卿兼呈林清生

無端此地復淹留，歲月蹉跎又一秋。人道塞翁翻失馬，誰家少婦望牽牛。悲歌往事經年别，悵觸西風感舊遊。徹夜不眠花外立，疏星明滅五更頭。

八年舊侶喜相逢，古寺平林聽晚鐘。夾岸人家依綠水

三山雲氣鬱奇峯疏槐着雨爲誰碧細柳經秋作意濃
痛飲不辭今夕醉愁懷萬斛酒千鍾

準提寺

夜過準提寺扁舟載月行隨波雙槳去隔浦一燈明古
木有秋色微風解宿酲叩門僧已睡何處聽鐘聲

爲弟棠完娶感賦

婚嫁應吾事無多囑弟言登高悲陟岵揮淚感同根謂亡
弟槐何喜慈親健毋忘顧復恩從茲琴瑟好雅韻叶吹壎

湘卿持扇爲令子用蘊索詩水樵已書有勉讀而
爻書莫學而爻癡之句乃作此以進一解

我生命固窮湘卿窮於我冉冉三十春遭逢皆坎坷而子漸長成我今亦有子我窮子復窮天意安足恃人生貴自立富貴浮雲視水樵長者言獎勸聊復爾子能讀父書淡泊勝甘旨湘卿殊不癡人窮詎如此

訪簡弁羣夜宿挹雲山館

叩戶訪幽人籬落有眞趣清溪跨石橋一線延緣路細水潺潺流曲折循牆去沿隄遍柳陰森綠池中注門前露半山靄靄雲間樹徑轉入山坳隱約人行處水色集山光烟霞互吞吐柴關夜不扃蟲聲自相譁獨立小窗前冷溼花間露

與簡弁羣夜坐

不洒窮途淚誰知楚客心秋風聞雁叫流水作龍吟雨色沈山重寒燈隔柳陰何堪覽明鏡白髮幾莖侵

暫作天涯客思歸一夜心與君相對坐得句各沈吟漏促三更雨雲堆十里陰香聞如有夢同是別愁侵

過石牌村訪劉鶴田

尋幽入雲壑小犬吠柴關矮屋半臨水一樓高過山路藏深樹暗人帶夕陽還入夜常疑雨風聲枕簟間

翠岩

潺潺流水夕陽斜獨坐空亭數落花天半飛藤過對峽

牆陰積蘚上輕紗崩崖滴翠膠凝指怪石爭奇突露芽
扶杖且從山谷去碧雲村樹已歸鴉

枕上作

幽齋夢醒一燈昏夜半舟人隔岸喧料得前溪潮水滿
數聲欸乃過江村

庚園次弁羣見贈原韻

十里桑麻野趣饒門前春水養魚苗重重山翠窺籬落
點點飛花過板橋人愛羲皇成渾噩館如太素號逍遥
一生爲有林泉癖屋築臨溪避俗囂

過第一峯草堂邀同觰弁羣過訪劉鶴田夜宿石

牌山館

層巒高聳海天空道闢蠶叢一綫通草色遙連三徑碧
竹陰微露小牆紅數家籬落風何古盡日陰晴變不同
最愛此山幽絕處故人家住白雲中

旅夜

落木蕭蕭山色淸澗泉誰爲不平鳴天涯有淚供離別
世路何堪問死生最是客心愁夜雨無端滿戶盡秋聲
曙光欲動浮雲白又逐西風破曉行

曉起山行

雞聲催早起滿目盡秋光近曉月初白轉山風更狂怒

泉疑帶雨野樹細聞香獨上高峯去依依舊草堂

山居即事

萬山羅列碧迴環盡日無人晝掩關山鵲數聲松子落隔溪流水自潺潺

珠江曉發

驛路寒更斷天空遠樹齊角聲催月落山色壓城低久客春心滯家山望眼迷波酣人語寂隔岸遠聞雞

江村晚望

最羡江村好臨溪屋數間月光低貼水雲影遠疑山木葉經秋老烟波入夢閒孤帆天際渺宜趁好風還

村居卽景

隔牆秋色滿林隈簾捲西山爽氣來深院不知風信早空階一夜葉成堆

出大科村遥望雲谷寺邊諸勝夜宿第一峯草堂

探奇一路躡層巔到此人家別有天空際樓臺先見日雲中雞犬定皆仙烟迷遠樹孤村合雨長新茶繡陌連野館宵深留客話萬重山翠落窗前

約遊白雲洞次簡弁羣原韻

千峯聳翠畫屏開石上留君掃緑苔竟日貪吟忘舊約故人此去莫相猜今朝雁信衝寒至昨夜雲山入夢來

寄語安排阮公屐好風先送一書回

山居秋夜次鶴田原韻

四壁秋風屋半間滿天月色照柴關那堪午夜機聲急
倘有王孫去未還

山居秋日用前韻

一枕泉聲水石間臥聞隔院鳥聞關空亭寂寂少人迹
時有白雲相與還

月夜

幽蟲哽咽雨初殘暝色蒼茫四望寬月出野狐蹲石磴
天空秋隼下雲端方塘樹影沈波黑隔院風聲入夜寒

爲愛晚涼高閣坐寂無人語倚闌干

晚步江干漫書所見

傍晚潮初落嵐光盪碧空樓餘懸樹日帆飽過江風隔水山愈綠經秋葉半紅不須訪荆浩我在畫圖中

奉和簡五夜歸大科

空山秋月冷夜半有人歸亂草流螢暗長天一雁微暮鐘沈古寺細露溼宵衣深樹寒燈出誰家未掩扉

秋怨

蟋蟀鳴中夜孤燈獨對時頻年勞遠戍默坐起秋思絕塞寒風早深閨別夢疑南來應見雁何日寄歸期

月夜遇雨

海國人歸後家山夢亦圓如何今夜月黯黯入雲烟細雨寒更外秋聲萬壑前閒愁不成寐半壁一燈懸

秋夜望月

倍覺團圞好清光遍畫欄人宜深夜坐月愛故鄉看萬里海雲碧五更風露寒撥爐香欲冷倚枕夢魂安

山居雨霽

野色清如許孤村雨乍收近來心更寂不共水爭流人靜風敲竹宵深月上樓山居太蕭索冷意一亭秋

古意

嬝嬝紅粉姿藹藹春風面愛彼瀟湘竹裁成合歡扇復將五色絲巧繡雙飛燕美人在天涯相思不相見相思無已時相見空復悲幽情向誰訴乍見無一詞既見別彌苦甯作長相思

老樹倚天立經秋霜雪欺身槁葉盡脱藤蘿縈厥枝欣欣有生意緣葉轉華滋道傍動幽賞忘卻本與株萬類貴自植託生安可誣此身失所依賈禍即斯須一朝風雨惡樹倒藤蘿枯

獨立空階下秋月何皎皎長空萬里碧羣動息林表清光入戶來髣髴紗窗曉漏轉五更寒風聲生木杪風聲

雜雨聲四望雲陰杳陰晴瞬息間變化亘亦巧天意豈易窺人謀復宜早

寒風動林木牀前蟋蟀鳴嘈嘈復切切中夜時有聲迴首感春華緐花萬樹開鶯啼雜燕語婉轉清風來歲月有代謝芳華去不回感此傷搖落秋老寒蟲哀微物亦有知盛衰亘可猜

擬古

啼鳥何關關深林自飛啄偶然脫羅網棲身入雲麓飛鳥猶有求忘情學草木不羨桃李姿願爲松與柏松柏耐歲寒節勿風霜易深山有斧柯參天空百尺何如絕物累

隨風化爲石流水照涓涓泉石兩淸適山中無春秋千古一拳碧

入雲端經接承菴

古寺埋幽草雲陰逕氣蒸空房出鬼火破壁挂寒藤此地不來久茲遊感廢興欲尋前度迹寥落已無僧

遊白雲洞登龍湲閣

朱欄曲折板橋橫薄暮寒潮應候生飛瀑冷侵雲磴濕夕陽低射紙窗明一樓貯盡烟霞趣萬壑爭來風雨聲爲訪先賢讀書迹依稀石上綠苔平

由雲广道過逍遥臺下

傑閣倚天開湖光入座來徑幽花夾岸泉湧浪成堆怪石風吹墮晴雲鳥帶回舊遊今似夢重上最高臺

遊雲泉仙館有感

日夜陰晴總不分重重飛瀑溼雲垠烟霞滿徑新鋤藥樓閣參差半入雲漠漠嵐光空翠合遲遲鐘鼓下方聞在山泉水清如許莫把幽巖染俗氛

過小桃源感舊

昔年風雅幾人存回首青山日欲昏僻地漫鋤花作圃兩峯中劈石爲門偶從小徑穿雲入依舊寒泉帶雨喧聞道神仙好幽寂我來空訪武陵源

遊白雲洞歸舟即景

路轉出山坳長隄枕村屋買棹叩江干空曠蕩心目塧影倒中流石橋跨溪曲層巒落空翠水色亂山綠墟落起炊烟漁家傍脩竹野渡寂無人水鳥相飛逐囘首白雲深斜陽滿崖谷

殘夜

天空雲淡夜初殘遠渡聞雞曉漏乾一點孤燈人語寂數聲歸雁朔風寒夢中觸景吟偏捷醒後敲詩句未安

夜半偶成

竟夕幽思向誰寄空階月色上闌干

半窗殘月曲如鉤斷續寒更出戍樓江上落帆人語響

始知深夜有歸舟

登鷓鴣嶺

嶺底人家四望分數聲鶴唳隔溪聞霜風黯淡寒吹面

山勢縱横半入雲滄海波濤供遠目寺樓鐘鼓對斜曛

新苗着雨有生意晚步時看田父耘

鷓鴣嶺戲贈簡弁羣

有客天涯尚未歸不堪重聽鷓鴣啼聲聲腸斷門前路

惆悵東風日欲西

舟泊三山

海闊淨如鏡長林烟霧消客心今夜月殘夢五更潮樹影綠蘸水漁燈紅過橋空江帆卸後風信憶明朝

歸舟風利喜賦

解纜日過午歸帆逐海鷗風聲疑挾雨水勢欲吞舟岸去樹如走江翻波倒流計程過百里薄暮抵登洲

曉望

夜長多早起散步出林間曉日上高閣桃花紅半山寡營知自拙多病此身閒撲面淸風好門前水一灣

虎門

兩虎縱橫聳敵樓東南設險衛炎州波深鐵鎖沈孤島

山擁嚴關據上游嶺嶠風霜秋氣肅海門日夜大江流頻年珍貢遐方至漢將新加萬戶侯

過沙角弔陳元戎

百戰威靈在悲風慘大旗將軍眞不死報國豈忘私有子同殉節丹心衆共知道旁謁遺廟洒涕讀殘碑

過虎門弔關提帥

萬里陰雲晦河山遍甲兵孤忠傷虎口遺烈在羊城一死酬君國千秋有令名書生能殺賊何處請長纓

深夜曲

長夜獨不寐青燈如豆時吹燈不忍看點點照相思

怨歌

左有斷腸草右有合歡花花開朝暮落草色上窗紗草
生自有色花落已無香新人方合歡舊人空斷腸

癸巳遊羅浮紀遊諸什歸即忘卻今秋小泉歸自
羅浮誦余沖虛觀題壁之作棖觸舊遊書作長
句

鐘聲隱約下方聞有客登臨日欲曛玉簡尚留明主敕
衣冠誰拜葛仙墳千秋古洞遺丹竈一望空山盡白雲
忽憶舊遊今六載壁間詩稿積塵氛

夜宿山家

草屋孤燈短榻橫寒風瑟瑟欲三更秋深破壁蟲相語
月黑空山虎夜行人靜半天星斗落窗虛一縷暮雲生
門前古木欞椮立滿枕松濤夢亦清

野望

萬山重疊處返照夕陽明秋水泛鷗白朔風吹雁橫年
年紅葉落處處晚禾生且莫怨遲暮哀蟲鳴不平

伍湘卿至得詢近況淒然有感作此奉別

百年歲月漸銷磨往事重題感慨多廿載交情同骨肉
無端遭遇亦風波可憐范叔貧如此到底方干命若何
笑我寡營生計拙繁華同作夢中過

秋夜有懷伍湘卿

舊恨新愁感百端此生應歎悞儒冠誰知阮籍窮途苦不信劉蕡一第難滿鬢秋霜人易老半窗斜月夜初殘溪邊蒲柳凋零盡賸有蒼松耐歲寒

月夜歸家

一路山光照眼青孤村深樹暗流螢犬疑生客臨窗吠雞報寒更隔座聽靜叩柴關妻早覺乍聞人語女初醒行時預計歸期約恰喜今宵月滿庭

長夜

鼓角嚴城急蕭蕭夜正長客囘孤枕夢雞警五更霜沙

響風吹瓦窗虛月到床渾疑天欲曉曙色認蒼茫

移居感賦

隔牆霜冷雁南飛謖謖秋霜入絳幃塵世幾成滄海事
丈人空笑漢陰機飄零書劍家無定惆悵河山客未歸
到底江村茅屋穩一竿長傍釣魚磯

夜坐

更深雨過一庭幽暮鼓鼕鼕一縣樓夜坐卻因常愛靜
詩情多半是吟秋幾人肯為垂青眼半世蹉跎漸白頭
漫說文章能報國投軍誰箇覓封侯

江中書所見

天外紅雲變晚霞秋光隱隱白蘋花夕陽山色兩三點
倚岸漁人四五家野樹無風飄敗葉鸕鷀窺水立寒沙
空江十里明如練竟日輕舟逐浪斜

江干晚步

不知何所往來去本無心一徑轉溪曲孤橋橫柳陰朔
風吹短鬢流水助長吟俯仰既自適悠悠空古今

晚眺

散步出江渚狂歌任自由鳥聲穿樹過人語雜溪流冷
性渾如水閑花開到秋卻憐天際雁辛苦稻粱謀
行行殊未已夕照滿前津古徑半殘葉隔溪多白蘋片

雲閒似我秋水靜娛人自得江山趣漁樵老此身

和姪孫雨樓題棲碧山房原韻

地闢三弓闊江山自屈蟠雲歸深樹暗秋老綠荷乾古徑行踪少書聲雨夜寒晨昏時過從促膝共盤桓

訪友過山麓空階有屐痕圖書横短榻杯酒話黄昏葉落寒風早帆歸隔渡喧臣心清似水莫道市當門

見我如相識青山喚欲膺交遊詩作札高曠月爲朋徑曲穿花入門高拾級登何堪秋夜雨雲暗小窗燈

森綠園孤館臨階草不删開門常面水拓地欲裁山風靜雲俱嬾林深鳥亦閒此閒宜小住高臥掩柴關

松濤限十四寒韻

嶺表孤松百尺蟠濤聲捲樹入雲端開軒颯颯暮山暝
倚枕蕭蕭秋夜闌地闢想無風浪惡人間猶作棟梁看
幽棲自愛林泉勝抱膝長吟天地寬
響分雲瀑雪成團澎湃遥疑下急湍流水自應同雅奏
高風曾否受秦官直將勁節參霄漢留得清聲耐歲寒
藏器倘教巖壑老中流誰復挽狂瀾

月夜過棲碧山房訪弁羣不遇

端居了無事夜叩幽人扉樹梢月初上山空雲未歸虛
廊驚犬吠亂草有螢飛獨立自惆悵宵深露滿衣

枕上作

門巷清如水孤吟睡不成寒更聽斷續蛩語轉淒凊歲月蹉跎甚英雄髀肉生一燈相對寂倚枕到天明

庚園落成適古樵北行寄詩話別作此奉答

故人書乍到江干好句傳來墨未乾遠道何堪萬里別幽棲聊借一枝安園中木葉經秋禿嶺表梅花帶雪看此去河山足瞻眺詩情畫意入毫端

懷人無語獨沈吟嶺外風雲愴客心君是征鴻初出塞我如飛鳥倦歸林溪山地拓三弓闊鐵石交從廿載深屈指杏花消息到家書封待報泥金

輓招廣文月航先生

一月無消息山居尺素疎不堪連夜雨忽報我公徂碧落歸何遽黃粱夢總虛傷心向雲海東望痛何如

記得橫沙去江頭泊小船乞書裁尺幅揮翰落雲烟屈指無多日深山又一年吉光留片羽當共古人傳

去月過城市先生抱病回秋風方展翮壯志豈全灰誰料歸來後遽傳零落哀他年陶令宅疇勸菊花杯

早樹文壇幟雄才四座驚吟詩傳後死有子負時名十載瞻依切流光歲月更悲風來雁信何處哭先生

閉門養痾數月不出作此自遣

坐臥常一榻居安深自危無瑕誰比美不潔漫貽譏匿
影自藏采吹毛將見疵莫言疥癩疾災慮剝膚時
斗室一何小放懷天地寬藏身聊養拙洗垢莫求瘢勿
藥自有喜養疽殊足歎日新銘可誦常自滌湯盤
漸得安心法須知病愈閒故園歸去早曉鏡鬢毛斑勿
笑官骸束誰能痾癢關東窗時坦腹簾捲臥看山

詠史

詔書無復解求賢宰執恩讎只自專國餉頻增諸道稅
太常議括富商錢邊軍跋扈窺神器輦蹕倉皇走奉天
陸贄有才終不用掩書長歎建中年

偕伍湘卿粱晉屏林汪波林魯畬伍翰藻同遊白雲洞次晉屏原韻

共有登臨興深秋策杖來舉頭黃葉落拂袖白雲開此地林泉勝羣公著作才山川助幽趣曲水賦流杯

偕同遊諸子歸飲小園復用前韻

獨處厭孤寂清風入戶來喜逢佳客至恰報桂花開懶性宜高隱全身恃不才一時同話舊應共醉千杯

九月梅花初開喜賦

西風蕭瑟野人家幾度寒香透碧紗料得山中春信早

小園九月有梅花

園中雜詠

古木參霄積翠環秋風昨夜到柴關正宜落盡蕭蕭葉
露出牆頭三兩山

滿院黃花照眼明如絲小雨寂無聲空齋盡日少人跡
時有幽禽相對鳴

悠悠空際片雲歸隱約牆頭逗落暉獨喜晚晴花下立
一雙蛱蝶入簾飛

月明滿地漏聲寂夜氣漸寒蛩語哀時有輕風弄花影
隔窗微度暗香來

采蓮曲題畫作

呼郎采蓮去雙槳蕩輕舟莫到花深處鴛鴦正並頭

無題

玉笙銀琯夜深時閬苑神仙綽約姿歌到海棠詩亦豔化爲蝴蝶夢猶癡花開杜牧知惆悵春去江郎怨別離今日愁懷添萬種令人空自望天涯

述懷

盈盈一江水出門何所之盡室望東發躑躅復踟躕我生實不辰中歲傷亂離虎狼恣呑噬私竄畏人知扁舟江上行行李無多隨出險復入險深恐寇窮追大兒差解事蹢琵强自支小兒甫離鄉轉作中路悲大女戀母

旁炊女牵母衣傷心懷中女聲聲猶喚歸覩此益酸辛
不覺雙淚垂世路盡蠶叢我行何嶇崎浮雲蔽太空竟
日雨霏霏日行百餘里此役奚云疲一棹抵佗城珠江
日暮時既幸脫虎口身世傷蓬飛愁多不能寐數問夜
何其鄰舟夜相語北道猶鼓鼙連日大殺獲深足慰人
思匡時有豪傑小醜安足爲

感懷

歸來空歎食無魚半世蹉跎事業虛鳥已驚弓心早怯
虎敎出柙計殊疏杜陵弟妹同飄泊梁氏夫妻並寄居
聽道鷓鴣行不得故鄉消息近何如

青衫拂拭淚痕乾旅館蕭蕭秋夜寒身世未離戎馬地
饔飧況少腐儒餐客中歲月愁先老夢裏家山到亦難
正欲請纓投筆去此生何苦誤儒冠
最是秋光照眼時故園叢菊滿東籬不堪舊事重回首
贋得閒愁解賦詩自笑劉綱猶有婦何如伯道竟無兒
飄零未免爲家累嶺海蒼茫何所之
夜宿貔貅戍未還英雄誰足濟時艱韓雍威德留千古
馬援聲名動百蠻野戰已聞收佛嶺舟師何日抵禪山
諸君忠憤同紓難料得功成指顧閒

秋夜

節令催人歲月忙梧桐葉落菊花黄關心鄉里無音信
舉目河山有戰場半壁蟲聲孤枕夢隔牆雞唱五更霜
書空咄咄成何事漫把窮愁訴上蒼

逍遥物外久逃名何事征途賦遠行滿鬢秋霜猶作客
隔河烽火未休兵幽齋夜落天河影野戍寒生畫角聲
正是欲歸歸不得西山寇盜幾時平

夜坐

嚴城刁斗漏初殘月色當窗獨倚闌白髮已隨愁共長
青燈更與夜俱寒他鄉落拓悲王粲一代勳名憶謝安
別有深情向誰說數聲飛雁入雲端

重陽

客心無賴强題糕迢遞關山我獨勞又向他鄉過重九
滿城烽火怯登高

愁多怕上越王臺風急天高鴻雁哀有酒合教陶令醉
門前空望白衣來

悠悠身世與誰同一紙鳶飛碧落中近日秋風太蕭索
長空飄泊任西東

木綿古道照斜陽荒草平原帶曉霜何似故園秋色好
疏籬閒對菊花香

羊城舊寓懷墨花吟社諸君子

此地昔偶住息息今五年復來訪遺跡回首殊淒然青
燈如識我形影相周旋秋蟲時一鳴似將別恨傳凡物
豈無情會晤良有緣長夜獨耿耿歎息不能眠當時草
堂開高會集羣賢曠懷寄千古狂歌驚四筵吟成珠玉
唾交訂金石堅離合竟何常往事猶目前況值亂離日
寰海遍烽烟世事幾滄桑風雲日變遷舊雨今不至缺
月何時圓美人在天末空吟秋水篇

城南泛舟

客意忽不適斗室如盤蝸城南秋氣佳散步水之涯江
水一何碧天際明霽霞隨意任所之中流蕩小艖山色

壓城低鬱屈如長蛇北望白雲高隱隱聞悲笳戰艫攡
長江解纜鼓聲撾海氛猶未息臨風當自嗟岸傍有古
渡停橈泊淺沙我行度溪曲波枕一橋斜平原四望闊
遠近有人家晚禾新吐穗野蔬時着花旅愁幸一洗不
聞戰鬬譁籬落起炊烟垂楊噪暮鴉乘興渡江去柔櫓
聲伊啞

泉石

澗底石露骨澗中泉水清石頑不能言泉流常有聲泉
石互衝激鏗轟終日鳴塵世何囂囂想是鳴不平

孤松

山頂一孤松濤翻萬壑鳴山高松愈高風來先有聲盤鬱勢干霄天矯龍蛇爭百卉盡披靡搖落不自勝西山有樵叟伐木聞丁丁三徑願移歸護此八尺莖世人莫爾識歲寒乃共驚豈知長夏熱使我心魂淸植之修竹傍足以寄此生

竹間從弟招飲酒樓

不飲已三月青衫舊酒痕知君憐久客爲我一開樽鬱屈平生志飄零八口存淮陰誰進食千古哭王孫

豺虎猶當道家山信未眞卻憐今夕醉半是故鄉人慷慨論杯酒艱難問此身悲秋同作客何日息征塵

有感

上將陰符讀三軍羽檄馳如何竟輕敵坐使失機宜漸長鯨鯢氣空傷貜鶴師中州逃難日愁殺庾元規

亡命孫恩去功須一戰擒制誰違郭默痛未斬劉沈引領悲何極憂時寇轉深篋中孤劍在應化老龍吟

軍興過半載歲月幾消磨簫鼓參軍宴金珠細馬馱未嚴孫武法誰奮魯陽戈西望汾流水何時聽凱歌

嶺海金湯固貔貅十萬雄一軍殊死戰諸將早論功背水淮陰計量沙敵壘空書生憂國甚勿效哭途窮

雨樓賞菊浮邱寺歸示以詩即次原韻

去年菊花時幽居憩清境今歲菊花開冷落秋巖靜久客苦思歸長空孤雁影曉起朔風寒落葉空階打古寺君獨尋三徑秋霜冷黃花大如盌次第吐新穎誰傾北海樽對此東籬景愧我不同遊未得塵懷屏何日息妖氛繁花開五嶺

新居

故山無恙否此地復淹留酒是消愁具歸須向婦謀同舟宜郭泰作伴得羊曇時與濂臣沃初兩內姪同居泛泛眞無定生涯一海鷗

但免飄零苦謀身願不奢涼分半樓月清蔭一庭花久

客渾忘客無家此當家囂氛連嶺海莫厭市塵譁

九日對菊

羈人今復滯重陽曲檻疏籬對晩香三徑只應留傲骨一年容易負秋光天涯我自悲蓬梗故里花仍傍戰場采得落英還作枕好將歸夢繞江鄉

無端落帽曉風淒有客尋芳獨倚藜大地風馳征騎急一樓花壓粉牆低鸞飄鳳泊棲無定浦月樵雲望欲迷血戰染成秋草碧舉頭愁盼夕陽西

照人秋色最分明一醉能狂阮步兵老去心情花影亂客中留滯歲時更莫愁風雨催詩句每把茱萸憶弟兄

浩劫可逃重九節餐英從此覔長生

擬題桃源圖

絕境隔人世高風不可尋桑麻平野闊雞犬白雲深歲月非秦漢桃花自古今武陵一溪水我欲洗塵心

別自有天地花開萬古春衣冠非漢製先世是秦民共詫塵寰事爭看異代人漁人歸去後今日已迷津

夜坐

雨雨風風日幾同窗前新綠長苔莓山川兵燹殘生賸書卷消磨白髮催半世功名春夢覺一腔愁緒亂雲堆夜來最是關心處件我孤吟蛩語哀

題桃源圖

我家入江浦江水何涓涓舟行轉溪曲一山高插天傍水有人家繞澗爲良田平疇荷蓑笠野渡打魚船有生各食力不知秦漢年有時桃花開灼灼春風前夾路半脩竹千巖多杜鵑一醉枕泉石歸來弄雲烟何年妖氛熾世路感滄桑桑麻盡荆棘雞犬雜豺狼青山猶昨日天道胡靡常昔有武陵人終日桃花住漁人問津時翻然忘世故再越千百年春花委朝露我欲一訪之茫茫在何處

秦地未開闢中有桃花源後世拓輿圖寰海遍烟村武

陵山徑僻阡陌互平原武陵溪水深桑柘尚盈門餉客

具雞黍烟火須晨昏天桃灼灼花恐是塵世根自言秦

時民先世寄高蹈此境諒非遥終有漁人到絕境詎難

尋世人皆可造不如隨遇安勿倩漁人導況我非秦民

恐令桃花笑瓊樓十二重神仙不可遇武陵在人間想

非隔烟霧五岳聳崔巍遊蹤任來去雁宕與天台結茅

此中住我粤東西樵復有吟鞭駐安問桃花源茫茫不

知處千古武陵溪今世康莊路

前作九日對菊夜長無事再續二首

菊花天氣露華清滿徑秋光照眼明故國繁華空有夢

西風冷落竟無情鬢絲已覺緣愁老簾幙應憐太瘦生
今日登高慚作客飄蓬轉歎一身輕
四圍秋色滿闌干九月新霜徹曉寒三徑孰尋陶令宅
落英曾作楚臣餐題糕未免吟懷苦彈鋏歸來寄食難
辜負黃花過令節不如留待故園看

家僕從故鄉來感賦

早起鵲聲噪旋驚汝到門相看渾似夢乍見一無言曾
否家還在應憐我尚存途中多險阻何自出烟村

十月廿八日得接家信

久客思鄉里長空一雁孤艱難憑數字跋涉歎長途欲

得平安報應將望眼枯開緘不遽讀深恐意難符

囑僕回鄉

今汝且歸去憐予向客邊無多詞致囑轉覺意纏綿世事已如此安危一任天中途須自重西望盡狠烟

內人生日

十七爲我婦今閱二十秋有酒爲我醉無酒向汝謀今朝汝生辰爲汝勸一甌有僕從鄉來遥作寄書郵款款說鄉事殊切杞人憂本欲博汝歡豈知增汝愁憶自遭喪亂飄泊如浮鷗三月兩播遷十口空淹留何期半載間妖氛猶未收舉杯爲汝祝祝不暇祝白頭但願祝時清

休風變海陬波浪永不作一棹送歸舟老屋白雲深偕
隱樵山邱

次莫晉村見贈原韻

誰能守拙竟如愚世路蒼茫各異趨鍛竈自憐嵇叔夜
行窩空羨邵堯夫飄零斷梗悲行道嘆息妖星熾九衢
同是天涯淪落客新詩唱和强歡娛

再用前韻贈晉村

恕我疎狂愛我愚襟懷磊落異迂儒時逢多難需豪傑
生不封侯豈丈夫自笑窮愁羈客邸君眞秀發曜中衢
鵾鵬早快凌霄志堂上須歛奉檄娛

題樂陶陶軒詩後

客懷騷屑强吟秋詩向行縢集裏搜昨夜挑燈和淚讀
杜陵身世半窮愁

陶陶齋號意殊深千載淵明有嗣音怪得把君詩卷誦
最先擊節詠陶吟

酒眞與我兩忘形一醉千杯手莫停往事囘頭應似夢
楚江空笑屈原醒

英雄落拓豈終窮千古恩讎一飯中誰料十年身後事
竟將詩句碧紗籠

祭竈

爆竹家家接艱難苦自支菜根仍故我饘粥冷空廚消息鄉關斷饑寒兒女悲穹蒼如可訴祝爲寄愁詩

早春

屈指過殘臘春風昨夜來關心故園柳難問綺窗梅卒歲愁衣褐悲歌付酒杯世無趙公子惆悵賣漿臺

人日後二日遊花埭值雨飲舟中次陳古樵原韻

同遊者戴則之李恢垣陳朗山譚麗東應冕卿陳古樵暨余共七人

烟波極目幾低徊隨意維舟泊水隈庾信鄉關經歲別盧循樓艦隔江來滿天風雨春初月廿載交遊酒一杯

此去看花增客感故園花好爲誰開

春日書事

春風蕩漾尉陀城聞道西南日肅清父老焚香迎使節
書生投筆請長纓通宵鼓角齊催戰一雨江河欲洗兵
暫喜孫恩亡命去諸公無事誦昇平
高枕原無十日安巖疆控制古來難鯨鯢未向中流戮
風鶴同驚午夜寒共恃長江新築壘當時諸將孰登壇
可憐一炬平原火野哭千家愁更酸
故鄉消息往來稀芳草王孫去未歸李特山川空恃險
譙元門巷恐全非荒村十里無炊火寒樹空林弔夕暉

到處風波愁託足僅存妻子卻誰依
長江東走呂嘉船好語朝來處處傳淸海功勳宜上賞
河壖轉戰已經年琶洲風定聞鐃奏樵嶺春寒憶杜鵑
西望妖氛仍載道尙勞軍府日籌邊

漫賦

夜深寂寂一燈紅亂後山河感慨中貫索有星占象變
偏枯何物沐春融感恩孰見蛄神祀走險今知鼠輩窮
雨露雷霆均化育人工未必奪天工
洗甲長江水氣腥傳聞蛟鱷走窮溟莊生已請開三府
盛世何須宥五刑到底痤疽宜礦石莫敎驛馬急流星

嚴霜未降東風軟漫喜烏巢大理庭

莫道穹蒼本好生穴中螻蟻尚縱橫書生有志空投筆

瀕海經年未解兵誰信留侯如女子何來卜式亦公卿

天涯我正傷搖落臥聽江城長短更

奉酬伍湘卿見贈律詩五首

去歲夏六月愁雲蔽太清我家住江浦盡室走陀城令

幸妖氛戢應無風鶴驚可憐覊客在何事滯歸程

四時天不忒寒暑本相因赤日當炎夏陽和憶好春東

風太柔物陰雨況兼旬轉恐滋根莠休誇煦煦仁

疏懶已成性清風作意閒此心常似水城市亦深山不

久卻歸去何時相往還勒樓隔溪水佇望倚柴關
度日真無計如君更赤貧鄉園經浩刦衣食苦難均昨
接飛鴻信應知尺蠖伸馬融重設帳一座想皆春
故里經年別關心在庾園琴書無恙在花竹半猶存知
子留芳躅閒雲護小軒書來報嘉貺珍重叩寒暄

酒後作

愁深翻覺酒腸寬世事浮雲眼底看亂後文章多感慨
客中兒女盡寒酸近來夢寐家山好無限風波去住難
捲幕漸知殘暑退半天涼月倚闌干

聞秋聲

離家一十有二月舊恨新愁那堪說去年六月天慘黑
怪事書空眞咄咄太平日久諱言兵一朝戎馬生倉猝
蜂屯蟻聚賊鋒起道路梗塞音塵絕三尺紅巾一尺刀
殺人如草恣貪悖賊酋威令吼雷霆下令村墟遍搜索
輪門一一斂高貲長途日日窺行客午夜驚疑風鶴聲
青山啼破杜鵑血我因避亂出江村盡室平明向東發
細雨紛霏送遠行江水蒼茫照離別艱難走險達陀城
城頭飛礮如雷鳴北道妖塵高蔽日夾河烽火密連營
倉皇攜眷覓棲止客舍暫息心神驚經年轉戰寇氛滅
倏忽已覺時歲更來時七月秋風早今朝早起聞秋聲

秋聲謖謖墮殘葉旅館荒涼意不適開篋添衣篋盡空篋中半爲賊所奪其餘況復質典庫妻兒對此泣嗚咽昇平今幸獲安堵天寒曷以禦風雪吁嗟天寒曷以禦風雪願汝守此霜筠節

詠蟲鳴次雨樓原韻

落拓困泥塗寂寞良可測幻作哀蟲吟一吟一太息似爲鳴不平愴懷皆在即進退兩無守時衰傷鳳德鴻雁稻粱謀嗷嗷哀四國瀕海遍甲兵世途盡荊棘爾蟲何爲者想無摩天翼晝伏而夜鳴僻處蕭條極本欲避塵囂世人安汝識豆棚花架中孤吟聊自得

雨樓偕同人過飲寶林寺以詩見寄即次原韻

遙想如來座拈花笑語親百年徒一夢萬事總前因辛苦餘生贕蕭條故國春塵緣如可斷惆悵百花辰

古寺林木美行吟往復回此身眞世外一棹泊江隈酒作離亭餞（謝月臺將有河南之行）衣誰舞綵來（時用謙昆仲侍太孺人聽經寺中）

山深春晝永竟日樂追陪

庚園詩草卷上終

男文儆文僩校字

庾園詩草卷下

何秀棣岳緣撰

詠凌霄花次弁羣原韻

凡物貴自植失守喪厥良蔦蘿附喬松枝葉同青蒼長安逐車馬甲第高門牆雲路藉階梯身厕金馬堂權落勢安恃天寒草不芳兹爾凌霄花支蔓高且長勢力得推挽豔欲等天香引之高閣中陰森夏屋涼一朝失所託棄置將汝忘君今惠我竹親手植成行去月曾乞干竹於弁羣霄存勁節凊風消熱腸歲暮自芬菲曾否羨春陽

乞竹於簡弁羣以詩作謝

君得淩霄去逢時雨露滋前以淩霄花贈弁羣得雨今甚暢茂我今無肉食應與此君宜

歸家感賦寄雨樓

三載家山別花前憶亂離得歸窮亦樂已隱賤尤宜文字新交少功名舊數奇御憐潘騎省兩鬢盡成絲

亂定青山在春來思不禁好花無幾本綠樹轉成陰開篋搜殘帙啼枝識舊禽經年逐塵鞅無限故園心

一角牆低處開窗恰見山天留身尚健我比世猶閒兩事眠餐外餘情詩酒間本無車馬過何事掩柴關

傍晚生徒散孤吟四壁空嬾眞人笑傲和漫俗從同徑

僻時邀月簷低恰避風安邊想無事聞道議和戎
入夜樹聲急西風特地號經春常苦旱浩劫想難逃四
海猶兵革千家聽桔橰呼天淚成血應化雨如膏
我是新來燕君猶一雁飛隔江無十里相憶對斜暉歲
月同多難憂危幸布衣消閒如得句莫遣尺書稀

望雨次雨樓原韻

海棠時節晝寥寥欲乞春陰奏碧霄千里火雲煎樹赤
深宵野燒隔山遙平隄未長三篙水明月空歌廿四橋
遍野有呼庚癸切懷新誰爲詠良苗
一雨長江未洗兵傷心東望尉佗城窮荒蛇鼠横當道

環海蛟龍入大瀛造化陰陽誰燮理人身憂患想生成
巫山有夢今醒否萬室倉皇半死生

木屐

偶來花外一扶筇謝客登臨幾緉供積翠階前泥滑滑
踏春雨後草茸茸賣花曲巷驚殘夢沽酒遙村認去蹤
聽道鷓鴣行不得出門荆棘路横縱

八月十五夜積雨初晴村前步月

泛泛生涯海上鷗三年客邸度中秋經旬烟雨消殘暑
囘首風波感舊遊甲寅避寇羊城迄丁巳春始得歸里笑我無心雲出岫
于今纔見月當頭團圓自覺家山好良夜如斯有酒否

重陽

東望塵薇天經年困戎馬亂後返林壑躬耕事農野瞥眼又重陽歲月不我假感此忽酸辛徙倚東籬下人菊大匝圍我菊僅盈把凡事不如人即花亦不治慇懃復灌溉聊以報風雅瞬息望成功其意殊苟且抱甕今太遲僕僕何爲者物類有榮枯人事徵取舍人事旣不脩蕪薉固宜也

鐵犀歌

西海旁有兩鐵犀犀背勒銘云嘉慶元年丙辰九江主簿嵇會嘉鑄余過南村得見之歸作是

歌

西海之旁南村側鍊鐵鑄作水犀式四足縮忽蒼蘚蝕
一雄一雌狀奇嶷摩挲字畫猶可識云是嘉慶丙辰勒
稽會嘉名主簿職永鎮此水蛟龍息吁嗟西海之水勢
滈泒西海之隄亘南北此隄田給萬家食此隄築費萬
家力此隄一決水攻逼百里居人皆水國我遊到此殊
默默西望長江渺無極洪濤萬頃海風黑照以白日慘
無色隄下亂石數千億水石衝擊互挫抑夾隄古木聲
啾唧久立陰森毛髮直鐵犀千年埋榛棘犀能分水水
性得主簿憂民意可測治水敎稼追禹稷四海安瀾樂

耕織居民至今歌合德

無題

芳草王孫怨别離誰將豔筆繪相思色如傾國天應妒
香到消魂蝶亦癡畫閣不堪題燕子金鈴無計護花枝
最憐午夜孤燈寂一紙傷心薄命詞

流花橋步月　限七陽韻

冷月橋邊夜欲霜江山回首幾滄桑流波尙帶胭脂色
曾染宮人粉黛香
花光夾路轉橫塘山色空明夜未央千古橋邊嗚咽水
也羞執梃説降王

故國烟花夢一場石橋依舊跨橫塘風流豔說波斯女
月夜歸來墮晚妝
宴罷紅雲盡醉鄉一生癡絕是劉郎落花流水今宵月
誰上君王萬歲觴
北人不識小南强茉莉花開滿粉牆月缺月圓人易老
泉聲似爲訴愁腸
花月因緣入夢香宮中爭逐野鴛鴦春來春去橋邊水
換作珍珠淚數行

戊午元旦

盡日絲絲雨幽齋獨掩門連聲聞爆竹度歲在江村曳

履羞投刺呼門厭守閽爐香薰斗室燈燭耀庭垣茶果
呼花子杯盤備芥孫送窮文自拙買醉酒宜溫隔座撈
蒲戲誰家拇戰喧看兒騎竹馬壓歲有雞豚杜老棲茅
屋蘭成賦小園多情花作態破寂鳥能言飄泊憐飛絮
忘憂欲樹萱擁書依短榻拾翠憶芳原極目雲陰翳無
端風浪翻道迷荆棘滿局設虎狼尊朋比交成黨心難
手自捫鶚音愁在泮鶴貴盡乘軒舊歲聞消息村居更
愴魂何人支大廈揖盜撤籬籓風鶴驚難定長蛇勢欲
吞繁華空有夢碩果已無存城慘胡笳咽軍譁細柳屯
匹夫竟憂國一劍孰酬恩路遠天難問春陰日易昏窮

途立痛哭何處脫羈煩盡室聊偕隱閒愁且莫論欲尋漁父棹一訪武陵源雞犬雲中住桃花浪裏掀此中忘甲子別自有乾坤

三月三日聞招水樵之訃

三月風雨寒晝日天氣黑況復妖氛熾經年猶未息瀕海日戰爭天地無顏色故人隔珠江翹首空相憶有客羊石回急起問消息似言我良友身世靡可測去歲十一月遽赴玉樓職匆匆聽未真胸次羅荊棘反覆細詰之淋漓雙淚逼我友水樵子生長潯峯側山川鍾靈秀少小已英特弱歲甫論交衷懷兩相得欣同郭李居從

此羊何識攻苦下書帷十載同筆墨君志九霄鴻夙具
摩天翼君才不羈馬奔騰空冀北豪情在千古高風凌
八極屈宋嬔風騷賈董追著述烟雲着紙新風雨揮毫
疾輿搜石渠書豔奪江郎筆薄技恥雕蟲雄談恣捫蝨
尤厭章句中迂拘託儒術憶昔墨花吟草堂高會日抵
掌論古今分題鬥聲律門造無主賓文成相甲乙諸公
著作才詞源傾峽出而君獨逞奇放筆故奔逸一鳴驚
海陬萬卷垂縹帙爾時意氣雄皎皎氷玉質古人方並
驅舉世孰與匹天衢萬里程拭目意可必追逐並年少
此會尚眞率隔歲粤秀居朝夕共促膝兩齋恰比鄰名

之日偶室雞聲夜半時細雨聽蕭瑟君好涓于辯我類
楊雄吃疑義互翻駁君兀不肯屈開簾對花竹登樓眺
雲物同是想心處滿座春風拂偶談當世事君氣殊勃
勃是歲舉茂才釁序獨卓越一路扶遥上直可探雲窟
詎料秋試回高堂悲白髮空歌陟岵詩灑涕讀遺碣近
歲苦兵革烽烟連百粵巨海掀鴻波荒郊堆白骨有志
請長纓滿腔澆熱血殺賊膽何粗抉奸眥欲裂厥黨或
分竄君獨搜餘穴慷慨天下事壯心蓄未泄寄情風月
間奇氣賸一發北里好春光錦地花如綴三千粉黛叢
十二金釵列借之澆塊壘聊以寫鬱結豈期皎皎月正

圓倏已鈌去冬接雙魚忽送乃兄札謂君抱恙歸語語
讀嗚咽訂期相過訊一見慰饑渴蕭蕭朔風起滿目黃
沙刮胡虜突攻城軍聲驚軋軋風波頃刻生過眼纔一
瞥關隘羽書嚴道路音塵絕我時不果來竟與君永訣
屈指冬復春已覺星霜閱鴻雁寂無聲何處知存殁料
得數月來人同春意活起居得所養精神頓開豁詎知
非所料怪事書咄咄嗚呼君已矣運劫知難脫痛隕慈
親涕會否關心切泣聽孤兒啼豈忍或決絕深閨有少
婦恩義誰能割天意既難知人世那堪說君家昔貴盛
朱門聳華閥家學仰眉山父子推英拔詩數建安才兄

弟皆豁達世德本清華交遊多俊傑我時買舟過橫沙
烟水闊賞菊折秋霜對梅吟白雪把酒話平生爾我情
逾密共作千秋想何虞中道失落拓惜方三疏狂悲趙
壹君性好任才我性好守拙近稍有獻替君意似不悅
爾磨本不齊奚容强相折我年少長君君今先我卒黃
粱炊未熟夢醒何倉猝聰明轉汝誤壯志此生畢事業
慨無成彼蒼胡不卹徹夜小窗吟松聲助啾唧開門見
青山東風鳴百舌家家上冢時又是清明節絮酒望天
涯歎惜芳華歇賴有長公存雁行傷孑孑他時跨竈兒
想堪大門閥瓦注園中花知稼樓頭月遙想一沈吟寒

燈半明滅生死豈不達思君不能輟黯淡哭江天悲風生木末

春暮風雨中有感

南國烟花往事非又逢風雨送春歸連江新漲濃于染墮砌寒雲溼不飛消息故人沈雁信艱難身世泣牛衣何堪竟日天如墨蹋踏空齋晝掩扉

十日都無一日晴何勞布穀苦催耕落花如水傷春老歸燕依人戀舊情人世敢辭牛馬走出門愁聽鷓鴣聲半間竹屋如舟小喜得今無風浪生

誰道春風鼓太和竟沈花信雨中過自知守口如瓶好

莫更逢人鼓篋歌晝日荒村魑魅出天涯有路虎狼多

料應世事滔滔去輸與江邊一釣簑

經年生死感人琴風冷松楸思不禁謂亡友招水樵午夜漏隨

簷響斷前隄山與暮雲沈滿腔恨事編成夢一縷閒愁

滴上心獨自微吟燈影共遙聞雞唱隔花陰

遣懷

江村半月雨縛束蝸廬窄淫雨漬爲水天氣通山澤長

隄瀲灩波昨夜長三尺十日不出門平疇新漲白皇天

久陰晦頗厭風雨劇驅散嶺頭雲一洗玉宇碧赤日皎

當中冰盤濯精魄俯仰天地寬頓覺人意適

山鵲兩三聲曉起見日色幽花吐香豔綠樹濃陰織尺
屈而寸伸物情猶自得如何一縷雲復令天氣黑陰晴
指顧間幻化不踰刻酩酊天公醉辛苦蛟龍力人險不
可防天變亦難測搔首一問之彼蒼殊默默

自嘲

終日手一卷不能比衣褐終歲詩百篇不可慰饑渴咿
咿復唧唧毋乃太迂闊曷不事商賈可逐錐刀末曷不
事耕稼百畝生計活汝既冠儒冠曷不走華闉上書卿
相門抱策日干謁富貴可立致壯志乃一發寂寞守巖
阿豈真與世絕硯田常惡歲謀生胡太拙似病加餐飯

似愁歌白雪似閒典籍勞似貧酒杯設人或問厥由我
亦不能說嗜好殊鹹酸人各有所悅光陰隙過駒何必
問窮達

齒痛

似病原非病端居寡所歡咬文眞可厭煮字豈能餐盡
日支頤坐臨流漱石難生平誰切齒寢食竟難安
珠玉驚誰唾餘牙拾莫貪食言肥幾許罵世毒何堪肰
似枚銜一緘常口戒三茱根應齩慣爲此厭肥甘

大雨中作

胸中塊磊鬱不發以酒澆之終咽噎蒼龍不死風雨泣

白晝昏晦天失色雷霆擊火電光出白箭倒射雲旗黑
遥聞大地鬼啾唧鬼聲漸近人聲逼勢從天外飛霹靂
四面驚呼疑殺賊覿面對語聲相失妻兒怖伏互縮瑟
生平意氣何感激對此助我揮毫疾須臾天清懸皎日
萬里烟塵一掃滅丈夫立功在異域莫學蟲吟空太息
況復隔河烽火亟班超有志須投筆

課兒感賦

夜漏初下月上帷爾兒夜讀形影隨大兒日習春秋傳
小兒初誦三百詩小窗一燈面相向乃翁對此有所思
東家犬馬厭黍肉西家溝瀆水流脂富室小兒粉作質

翩翩總角瓜瓠肥我兒嵋嵋瘦骨立粗糲不繼恆苦饑
一臠之肉勝珍錯乃翁佐酒無所遺我生好古窮若此
汝輩苦學何其癡吁嗟百年富貴一泡影天與貧賤將
安辭窗下琅琅誦聲作窗外切切蟲聲悲蟲聲切切鳴
不已各有哀怨夫誰知

送陳古樵大令赴都

黃梅時節麥秋初萬里長安一蹇驢滿目烽烟遊子淚
經年闊別故人書心驚鶴唳家何在泣對牛衣計亦疏
莫道幽棲愛泉石時危那處可安居
家計蕭條亂後情河山迢遞赴神京蒼生從此思霖雨

瀕海何時解甲兵嶺嶠詩才羈薄宦珠江鼙鼓促行旌
牛刀暫試烹鮮手更望鹽梅作和羹
長途寂寂客心憂襆被蕭然賦遠遊寸草心常留愛日
香閨書莫寄離愁名高自合登臺省腰折何慚見督郵
豈必文章堪黼黻儒林循吏各千秋
廿年心迹兩無猜往事悲歡憶酒杯對鏡卻憐潘令鬢
登車終惜長卿才客行野店聞雞起歸夢關山有雁催
東望胡塵高百丈不堪回首越王臺

過佛山送古樵北行連夜宿湘卿寓齋得觀古樵

感事諸作因憶水樵遺稿

小住聊爲兩日留挑燈午夜話離愁飄零身世悲蓬梗
離亂音書滯石尤萬里一官今遠適九原遺稿倩誰搜
亡友水樵囑湘卿搜其遺稿知交落落天涯淚迸作長江水共流
佗城東望痛何如尺幅淋漓感憤書安土卌年生計盡
古樵居羊城已四十年危城十口劫灰餘古樵十四早挈家逃出是日城遂陷說詩
誰識窮愁苦湘卿嫌余近作過於哀怨泥古須敎腐氣除三百篇中
存美刺經生空自註蟲魚湘卿少年好吟咏今則專攻經學

魚生粥　限九佳韻

張翰思歸意未諧蓴羹空復動秋懷曾知細膾調香糝
味比桃花粥更佳

玉縷銀絲品自佳功調水火味偏諧何須寒食餳簫賣
早起香風遍六街

煨芋

羌村産香芋百味皆不如況久荼根齩習慣從厥初誰
侈大官祿賜食享天廚山珍雜海錯美味東南俱萬錢
無下箸區區口腹需徒資腰背厚堪笑頭腦粗草茅有
措大落拓艮可吁臑下餓不死骨瘦貌亦癯謀事鄙食
肉歸來嘆無魚饔飧得此芋薦食雜野蔬芳香配鹽醬
烹飪呼妻奴細嚼甘同栗爛煮滑如酥充我藜藿腸佐
我饘粥餘十月天氣寒朔風吹蓬廬有時邀鄰叟杯酒

夜圍爐聊作消寒具主客各歡愉風味田家好此樂不
可無世家列鼎食謂此非所娛所樂即所甘食貧守故
吾是誰動鄉思秋風思蓴鱸

東家擁倉箱西家飫黍肉一饍具八珍生殺輕六畜烹
飪偶失所餘怒嗔童僕農家力耕作葵藿苦不足夜半
飯牛起種芋如種粟種粟滿阡陌種芋如林麓朝來刈
芋歸晚來煨芋熟九九月花黃甕頭酒新漉既醉亦既
飽何榮復何辱連年苦兵燹粒米等珠玉嗷嗷中澤聲
白晝山鬼哭野曠草不青何處覓蔬菽誰家煨芋香我
饑殊躑躅今歲幸有秋民氣尚未復軍饟急星火下令

搜鄉曲輪門數高貲新法何太酷昔飫黍肉人倉積少
餘穀剝啄無完膚破產不能贖中人十畝產力竭死桎
梏民脂與民膏莫塡谿壑欲煨芋復煨芋用汝佐饘粥
但願饑不死何日昇平卜

除夕

古木蕭蕭風雪欺天寒孤鶴守高枝慰貧且讀范睢傳
祝富聊吟白傅詩似病似愁眞莫解是閒是嬾歎誰知
聰明鞭得原無用何事兒童又賣癡

己未元日

三載村居度歲華生涯端合老烟霞沾衣細雨如絲密

撲面東風試翦斜性僻不嫌春太寂飲豪翻恨酒難賒
門無客過容高臥舉座人誰覓孟嘉

新年雜詠

出門何所去惆悵水雲隈香爇爐烟暖春聲爆竹催曉
風聞葉落寒雨滯花開祝歲兒童慣門前好語來
連朝風雨暗春色總糢糊窮已經年送錢仍壓歲無祭
詩才獨拙如願婢誰呼人笑多情老相思念念迂
妻奴欣聚首同慰亂離情祭戶宜雞母供盤羨菜生爐
烘魚作膾釜沸脯調羹風味田家樂從今望太平
新正過六日爭送社前燈人共多男祝年期大有登杯

盤供酪酊薑蔗饋親朋兵燹生還慶江村樂事仍
佳節逢人日村前往踏春雲泉尋勝迹士女慶芳辰冷
瀑洗山骨寒梅枕石堤山川經浩劫樓閣又重新
處處迎神曲誰家笑語喧烟花迷十里簫鼓鬧黃昏兒
女爭春色風光接上元少年忙底甚癡絕蝶蜂魂
天氣漸清淑山居化日融偶然文酒會尚見古人風筆
已緣愁禿心猶見獵雄消閒聊遣此莫漫恥雕蟲
春色斕斑久兒童上學初先生閒半月功課補三餘冷
落鄰家酒丹黃一卷書寒酸憐措大事業竟何如
歲事農功切家家播種忙扶犁趁朝雨負笠帶斜陽燕

語隄邊柳鳩鳴陌上桑晝長何所事耕讀白雲鄉
風月溪山好村居事事幽癡心憐化蝶拙性幸如鳩野
處容孤蠋艮朋憶遠遊邯鄲如有夢休更覓封侯

天氣新寒園中讀書愴然有作

隔壁聽霜風起清齋晝日冷如水五陵車馬鬭羅綺
吳兒心肝木石似淵明形影互酬答樂天身心兩相失
古人發論創新奇一洗陳言棄渣滓我今寂寞寡唱酬
開卷有得竊心喜中原一兎千夫逐得失知是誰家子
得失逐逐心亦劬富貴浮雲安足恃社櫟得壽以不材
雁不能鳴亦先死有才不才歸造化天公弄物有如此

世人讀書求致用我之讀書適性耳用與不用莫可必
適性有觸皆妙旨閉門喜無剝啄聲攤書兀坐日忘晷

寄湘卿用前韻

滄江龍臥呼不起腥風凜凜刮江水我與湘卿皆轗軻
一身形影兩相似君耕硯田歲不豐我守澗磐歌永矢
阮生痛哭稽生嘯半生蹭蹬辱泥滓連年烽火遍山河
一室安身竊自喜不能投筆追定遠泛舟願學鴟夷子
浩然身後昌其詩千秋萬世名難恃東坡偉論昌其志
志以帥氣空生死配之道義塞天地聖賢言理固如此
浮名反足爲心累文章亦是陶情耳芋魁飯豆聊自足

味道之腴勝甘旨生前多有未見書從此光陰惜寸晷

風雨

無端風雨作驚濤身世誰能物外逃渴飲豈知牛有角
利鋒須識密藏刀屈身羞與噲等伍濁世莫言巢許高
已覺死灰燃不着黃粱空笑夢魂勞

醉後漫賦

三日不飲酒胸中塊壘凝三日不讀書面目殊可憎飲
酒與讀書此樂得未曾讀罷枕書臥大醉呼不譍寒暑
迭賓主深谷爲邱陵日月跳雙丸速我白髮增百年一
泡影誰及見高曾殺豹均一死所養何足矜新豐多少

年走馬日呼鷹長安狂道士白日談飛昇神仙與富貴

此說杳莫憑牙籤三萬卷薄酒三兩升隨處可行樂罔

計沒世稱吁嗟乎劉伶勿與俗客飲奮臂雞肋知難勝

東坡文字多見怪刀劍願汝韜霜稜

曉行道中即景

前溪秋潦沒隄平緩緩坡塘十里程度過小橋迷路去

肩輿半在水中行

隔岡亭子曉雲深啼鳥一聲霜滿林轉出溪坳風更利

夾隄風葉作秋吟

半空樓閣白雲閒葉落林疏露翠鬟轉眼山光仍撲面

林泉壘壘路彎彎

矮屋疏籬三兩家大隄高處盡浮沙平疇萬頃無禾黍
接壤縱橫地豆花

蘆荻花開水國秋乘風一葉下輕舟陸行翻羨舟行好
性嬾偏宜狎海鷗

遝雜人聲曉市喧隔江雲氣擁朝暾誰人西海鱸魚買
一笑歸來倒綠樽

摩天一塔入雲高對岸青山是古勞三十六江泉水匯
風聲不是虎門濤

香火因緣事亦奇凌晨鐘鼓相公祠前隄冷落太師廟

下馬何人酹酒卮

聞陳春舟先生抱恙時令嗣古樵遠官江右悶悶書此

爲貧謀祿養匹馬走長安身外無餘蓄天涯覓一官風波隨處是出處兩應難何日輪蹄息歸承菽水歡

迎養書曾寄思親別淚多暮年戀鄉井一病染沈疴鬻馬情空憶啼烏聽若何金丹誰覓得身世幾消磨

讀招水樵遺集

騎鯨一去幾經年迴首詞壇只惘然學海文章歸浩劫時遭夷變學海堂圖耤俱被燬墨花吟社賸遺篇余曾與水樵及諸同好爲墨花吟課互相

酬答龍蛇誰厄天難問雛鳳清聲子象賢身後如君應不死唾餘珠玉郎薪傳

欲訪樵夫問水涯𣸣峯村外一横沙持竿釣月豪情在水樵詩有左手持竿右明月之句把酒吟花往事賒瓦注園梅菊開時水樵嘗邀余過飲嘆息鑑湖無賀監徒留冰柱憶劉叉從今莫出西州路荒塚垂楊噪暮鴉

弁羣過訪庚園悵觸身世感喟殊深因作長句

人老簪花兩鬢羞菊花空負一籬秋窮愁自與巢三說坦率終爲宋五憂笑我離羣非鶴立近來畏事縮龜頭百年慮及千薪積浮世功名付海鷗

十一月八日夜遊書所見

蓬萊宮闕在人間五色光迷錦繡環一曲霓裳明月夜何須海外覓仙山

一聲鐘鼓夜迢迢梵語迎風出九霄笑我獨來還獨往遠公休過虎溪橋

步虛聲徹紫霞仙星斗光爭尺五天忽憶望仙樓上事當年何苦笑高駢

笙歌叢裏不知寒牛鬼蛇神百劇看若箇儼然孫叔相何須優孟肖衣冠

玉階羅襪露華滋錦簇香團蝶亦癡底事夜深花未睡

雨行紅燭漏聲遲
走馬看燈憶上元羊城春色望無邊一從鯨海風濤惡
此景依稀已六年

歲晚

歲晚禾黍登久晴不覺旱昨夜看燈回天氣青如卵明
月浣我衣一水照清淺早起日色晦三徑雲陰滿簾幕
晝沈沈人倦鳥聲嬾傍晚得小雨一撲飛埃輭午夜朔
風號重衾不知暖打門落葉聲大地黃沙卷陰晴寒暑
間雨大如磨轉神奇變臭腐夜長知日短百年駒過隙
一身蠶作繭人生憂患中得失知難免近來百念灰世

路多乖舛我有如意珠百愁俱可遣此物非外得世人知者鮮

過勒樓賀湘卿爲其令嗣翰藻完娶

勒樓消息近何如廿載交情問久疏五篋未爲寒士饌（湘卿書來謂亭客以五篋）一緘遙寄故人書門盈桃李春爭豔（時湘卿門人林魯畬等皆到）屋繞桑麻樂有餘誰向涉邛須我友扁舟來叩獨松居

愧無相贈杖頭錢醉逐東風柳絮顛鴻案定酬高士志牛車應助少君賢萱堂日永鶯聲嬾蘭室香薰蝶夢圓此去看花慚老眼春陰況是霧中天

題陳敬石先生杞憂篇詩後

風塵僕僕嘆驅馳浦水歸來理釣絲失馬豈眞翁是福亡羊何必路多歧平生落拓邯鄲道身世艱難杜老詩我亦天涯同病客把君詩卷益凄其

兵燹彫零舊草堂愴懷天地幾滄桑東坡詩句人驚詫韓愈文章性倔强海外風濤曾避地客中鬢鬢盡成霜國憂家難流離甚血滴成珠透墨光

歲除日陳鶴僑用余題杞憂篇原韻見贈二律復用前韻走筆奉答兼乞桃花以此代柬

嘆息光陰似箭馳階前新柳碧成絲蕭條斗室如僧舍

時鶴僑留倚翠山房度歲

南北誰人泣路歧，僻處獨饒塵世福，耽吟聊和歲除詩。知君門外桃花好，欲乞清香肯付其。

庚園東畔課耕堂，繞室閒閒十畝桑。遍歷烽烟生計盡，敢誇風月少年强。孤懷笑我難諧俗，冷節如君可傲霜。殘臘逼人忙太甚，明朝門巷又春光。

辛酉元旦

爆竹聲喧處處同，朝來祝歲有兒童。六街簫鼓春先至，五嶺榛路未通。寒氣逼人雲似水，凍禽無語葉吟風。太平何日銷兵氣，北望河山黯淡中。

開歲二日飲於倚翠山房留贈陳鶴僑

躡屐出門去霜風兩鬢侵雪篩雲作雨寒逼畫成陰春

市人聲寂江村樹影沈故人在高壑叩戶訪雲林

門外盈桃李春寒未着花深山儕木石大地鬬龍蛇歲

月催人老川原望眼賒武陵塵世隔何處可爲家

羡子眞高蹈山人屋似舟消寒宜小飲遣興此淹留僻

處無風浪雄心付水流閒情如賦得折柬肯相酬

度歲留山住襟期脫俗塵郄超眞好客杜牧早傷春閉

戶風斂避開樽酒不貧吾家隔林麓從此結芳鄰

蘇文忠公德有鄰堂書後

新居已卜慰途窮白鶴峯頭紫翠中元祐方嚴朋黨禁

天涯遠謫弟兄同朝雲妾痛埋荒冢春夢婆還識我公

德若有鄰眞是否空留堂在想孤忠

三載南遷紹聖中謫居無定任西東一生知己才空羡

萬死投荒遇輒窮築室高宜棲白鶴臨池猶想戲飛鴻

蠻方文物沾公化久欲登堂拜下風

松濤

午夜蕭蕭入夢驚蒼然鱗甲捲秋聲誰從宦海歸來後

似此風波不可行

萬壑濤翻動地來如舟屋小枕山隈經年兵燹天涯遍

鶴唳風聲午夜猜

竹節

不爭桃李媚春官勢自干霄挺萬竿如此虛心存勁節
宜君到處獲平安
竿竿有節可淩雲久欲低頭拜此君肉食從今羞熱客
清風可爲滌塵氛

梅影

山中高臥雪成堆彷彿寒香夢裏偎何處美人過半夜
肯隨明月入窗來
高樓剛聽笛聲殘疏影横斜水際看笑我夜深花下立
月明寫出各寒酸

榕陰

積葉成陰大十圍野人蹲坐輟耕時半樓脩竹涼風外赤日行天此不知

根盤十畝綠雲低到此陰森路亦迷最好維舟剛日午橋東分影過橋西

影園落成和陳鶴儕原韻兼柬令兄秋江

閱世偏深眼亦疲堂前春愛日遲遲一家詞賦知名久令先君地山先生十叔敬石先生暨秋江耆岩鶴儕諸昆仲俱積學能詩四面溪山合抱奇

兵燹經年頻轉徙滄桑回首不勝悲甲寅遭變鄉閭被燬歸來卜築容高臥從此安居慰亂離

別墅沿溪結構深園之前爲雲門別墅風來樹響亦琴音花圍屋
小如舟住園之側有紫薇花舫雨歇簾開待燕尋更喜牆低山半
露若無人到月常臨閒雲想已嚴棲慣此去應無出岫
心

西樵大地枕烟霞似此園林有幾家庭院春陰迷蛺蝶
江村風味足魚鰕我來叩戶鳩聲喚客到題詩雁字斜
最好碧虛臺上望山山紅映杜鵑花園中有臺擬名碧虛

百年駒影隙中過喚醒華胥夢亦訛月醉觴飛行樂耳
陰成子結奈愁何一壺日月知春在十笏河山領趣多
遥想詩才金谷盛我慚筆禿嘆蹉跎

奉和秋江鶴僑除夕之作

逍遥身世狎江鷗守歲村居厭遠遊買得癡獃原是福祝來富貴轉成憂錢無壓歲吾常慣酒爲辭年婦預謀遥羨君家諸弟姪深宵唱和鬬詩籌

人日後二日偕葉子鏡泉又姪雨樓過飲影園步月而歸寄同座諸子

累日不出門春光太寥寂籬落晝陰陰四望雲如幕散步過林麓獨行意不適招邀得良偶翻似不速客影園隔溪渚言尋幽人宅攜手渡江來一徑入寒碧敢下陳蕃榻爰蠟阮孚屐入座春風生主人稱莫逆風流大小

蘇衆號詩無敵示我雲錦篇擲地皆金石款客具雞豚
狂言資笑劇觥籌肆交錯大醉風歛幘起視小牆陰新
月高三尺窗外竹蕭蕭彷彿吟聲隔人面映花光新紅
同一色夜漏聽丁東緩步尋歸陌隔河見燈火墟落停
商船門渡鶴塘邊江波淨如拭人影落中流水月濯精
魄山勢似迎人顧我殊默默一路寂無人夜靜少行迹
葉子亦比鄰吾姪只隔壁揮手各言别良會難再得安
得素心人樂與數晨夕

鶴塘别墅歌爲陳鶴僑作

西樵之峯七十二中有仙人日遊戲仙人騎鶴歸碧空

留下一鶴橫塘中至今隔溪聞鶴語何人築室臨江渚一琴一鶴伴圖書主人愛鶴鶴爲侶鶴原好潔性復傲主人風骨亦如許有時得意獨行吟主人自歌鶴自舞主人與鶴兩忘形瘦影蹁躚相爾汝吁嗟乎烽烟滿目塵蔽天鶴兮鶴兮勿高騫深林有古木曲澗有流泉飛鳴飲啄隨自然光陰似逝水滄海成桑田君不見當年丁令威一身空化鶴來歸

烟雨泛舟漫賦

我性本愛靜反與水相宜水之性本動我以靜領之晝夜歎不舍逝者竟如斯一葉任所如遠涉不自知好山

非不愛登高殊險巇幽巖與窮谷地僻境愈奇山靜我
復動攀躋畏其疲連日烟雨中舟泛水之湄低頭弄流
水輕風皺碧漪舉頭望山色遠岫横翠眉且喜山水間
皆得靜中窺毋曰偏所愛俯仰皆自怡

端午日舟行

寂無金鼓響江隈不見中流競渡來自笑此心如止水
何須爭羨錦標囘

十里長江一葉舟碧波如練水光浮無端照見鬢眉綠
仿佛先生鏡裏游

來時暄熱火雲紅歸去涼生習習風江上夕陽山上雨

陰晴兩處隔西東

人影衣香五月天繁華今昔渺如烟樓船簫鼓珠江水可有遊人似去年

湘卿令嗣用蘊府試第一聞捷以書寄賀蒙詩見贈即次原韻奉答

早驚年少擅詞章得覩題名喜欲狂寶劒有光初出匣斑衣舞綵早還鄉湘卿書來云太孺人時年八十有一遙知賀客能高詠添得新詩滿錦囊自笑江村剛睡起連番鵲噪向朝陽

次韻奉和陳古樵見懷之作

三年息影返蓬廬陶令歸來五柳居仕宦本爲貧養計

姓名爭重故人書（古樵詩書畫世號爲三絕人得其片紙隻字視同珍寶）墨花吟客晨星散兵燹生涯浩劫餘樵嶺白雲師海月書生今各老蠹魚

古樵再以詩見贈復次原韻奉答

憶昔汾江水孤舟遠送君一時懷舊雨半載出山雲三徑已歸去高風那可羣尺岡風月好時遣尺書聞

哭四女翠鈿

秋風落葉漏聲殘靜對寒燈淚不乾十月孤兒初失乳五旬老父已忘餐早知病體沈疴甚強慰予心笑語歡幸得歸家猶一面登輿眞覺別離難（予於七月廿九歸里四女於八月初

九返夫家

廿年膝下戀庭除屈指于歸三載餘草木無靈醫罔效曇雲一現影原虛昨宵入夢形都滅連夜誰知見亦疏女臨終時大呼曰予歸連夜不得一夢予謂其無靈旋睡去見其容貌如生比前倍消瘦兩齒腮紅大女云其死時狀如此連得兩夢後不復見身世事原多未了九原抱憾痛何如悠悠塵世一身輕藕折絲連不斷情臥病屢教童問訊呼名猶記母來聲女常中夜驚起聞母呼其名神靈空祝延殘喘姊娣頻危望再生不忍登樓向西望半山亭路汝行程古木斜陽噪暮鴉流年似水惜韶華離情空拭思親淚囑壻常來問母家臨危壻問其何所囑云願其常過父母家見壻如見女也比翼鴛

鴦歡正少三聲杜宇恨何賒前月求神得一籤有杜宇歎三聲之語妝臺
賸有殘脂粉此後愁看姊妹花一姊一妹親隨往覘湯藥歸後一日因問卽到

曉起舟行至石牛岡薄暮而歸途中卽景示僊蘧
姪及兒輩

朦朧曙色帶殘星一葉舟輕水上萍潨口捕魚圍小艇
連珠網撒海風腥
四圍艇泊認村墟正是山頭日上初早渡客行帆欲挂
今朝風色竟何如
鶴塘磯畔蔭榕陰矮屋家家綠水潯曾見渡頭人汲水
岸邊魚躍過江心

藻尾墟連過大岡誰家臨水自開窗溪流曲曲東西路
撲面風來槳一雙
櫓聲咿啞買絲船鼓浪爭先逐隊前轉舵料知風更逆
船頭纜解隔隄牽
夾隄烏桕照芳津樹樹嵯岈尙早春牧子橫流驅犢過
雲林筆法畫中皴
連村簫鼓賽神祠柳港東風作意吹兒女趁將春色好
踏靑偏愛豔陽時
盡日舟行西復西歸來山色夕陽低塘坳古木巢高寄
又見寒鴉向客啼

大雨歌

午晝炎炎日光烈火勢逼人炙手熱西風忽轉撥東來羲輪失御入雲穴六天公驅雷怒作鼓電光鞭石濺成血五月方知草閣寒白晝黯晦日無色蟄龍飽飲江上水飛向長空駕雲翼勢捲飛濤瀉漏天滂沱倒注銀河側頃刻陰晴變態間金烏跳出雲頭碧山色空濛散作烟水光一望平湖白世態炎涼亦如此富貴貧賤瞬息耳何如守道艮足適塵緣洗盡心如水

蘆溪白鷺

霜翎皎皎照寒溪一色花開夾岸齊路曲隔分紅菡萏

月明飛破碧琉璨雪深午夜光疑渾露冷長江影欲迷
堪笑鵶塗天外墨書空橫抹字東西
山青水白鷺聲齊瑟瑟蘆花淺淺溪一色光添霜雪皎
深宵寒共水雲棲秋容淡向詩中覓粉本新來畫裏題
自付清流身太潔無魚空嘆首何低

金錢菊

小於荷葉大於苔隱逸家誰得此栽若使杖頭堪買醉
不須酒送白衣來
滿地黃金認莫差天公遊戲到人家陶潛未必貧如洗
三徑新開富貴花

好向秋閨伴曉妝不堪移插鬢邊霜阿嬌買得黃金屋
可襯蓮花步步香

荔枝菊

別饒佳色在籬東異種新開百日紅會否蟬聲催早熟
應愁三百啖坡公
何人留此傲霜株老圃秋容種別呼料得海山仙子降
一時披下絳羅襦
聽罷蟬聲夏欲殘九秋天氣曉霜寒誰知一笑紅塵外
秀色如今亦可餐

八月十五夜集同人綠天對雨舫樓玩月

倚闌疑雨復疑晴醉後雄談四座傾萬戶笙簫燈錯落半窗蕉竹影縱橫原序有四圍修竹數本芭蕉幾番風響秋何處午夜雲流月有聲玉鏡磨來烟霧裏五更霜氣一樓清是夜月色朦朧不甚皎潔

風雨亭問渡

西北江流日夜聲原序有西北江流帆檣在望是誰風雨話前程可憐十里長亭外似此風濤不易行

霍履初過訪庚園口占長句贈之

與子論交十載間經年一見恨緣慳春風入座談今古家乘遺文仰斗山前蒙贈太祖文敏公全集三禮昔曾勞獻替千秋

誰爲辨賢奸怱怱把臂歸何速渡口維舟待客還

分袂花間思渺然小園剛值暮春天手裁我獨欽王建

排解今猶仰仲連肝膽照人懸古鏡詩書翻篋理殘篇

科名到底君家物君家自文敏公至今科名不斷三十年光尚少年

讀陸放翁詩

開元大歷此遺音詩律原難迹象尋有宋莫嫌風格變

至公眞覺性情深手裁稍貶才名累老大頽唐肆意吟

到底孤忠能自矢河山戎馬淚沾襟

西樵月夜寵從閣聽瀑

勢挾千山響簾前月一鉤崩崖成石洞小屋訝魚舟夢

醒睛疑雨涼生夏亦秋星河爭皎潔人上最高樓

越王臺懷古

朔風謖謖撼林木山色蒼茫滿雲麓我來登眺上高臺歎息當年誰逐鹿老夫高臥五羊城五嶺南來據荒服暮年稱帝竊自娛出身自笑龍川牧前歌後舞春風中摩挲日月雙輪速白帝已死赤帝尊混一河山海疆肅文帝踐祚息干戈豈容臥榻他人宿陸生持節詔書下豪傑識時守雌伏殊方貢物表孤忠忽易尊號稱臣僕朝漢臺高兩相望英風凜凜猶在目一方保障賴餘恩尸祝至今懷覆育自從嶺嶠起烽烟舉目生民肆荼毒

經年兵燹日光黯魑魅晝行鬼夜哭粵秀山頭警刁斗
臺亦荒蕪鮮遊躅我家僻處樵山曲江水迴環枕村屋
紅巾賊起遍江干終日叩門聞剝啄梅花村外釣魚臺
荊棘深埋雜叢竹雪霜霏霏六月天寸土眞難謀託足
是時避亂叩佗城到處荒涼不可矚一朝海宇得澄清
始知天地陽和復登臨懷古感酸辛寫作長篇那堪讀
古往今來俯仰間萬家烟火黃粱熟

珠江竹枝詞

一水迢迢繞郡城珠浮碧海月華清樓船燈火花成市
夾岸香風捲浪聲

蓮番爆竹響江津金鼓聲喧徹耳頻到處繁華春一色
倚樓新繪畫中人
中分綠水隔河南掩袂偏憐一味憨簫鼓年年龍母廟
癡情私自祝宜男
侍兒扶上總宜船百襇羅裙照眼鮮歎息風流千古恨
踏青齊上素馨田
春暖維舟泊水隈海幢寺裏禮如來低頭佛肯慈雲覆
爲賜蓮花並蒂開
隔渡人誰打槳歌瓜皮艇小泛輕波樓頭簾倦新妝罷
恰好賣花人過河

端陽競渡喜晴明兒女家家江上行相逢乍覺曾相識
到底無情似有情
二八珠娘艇作家衣香人影豔朝霞潮來潮去情深淺
飄薄生涯水上花
通宵月湧大江流五色旗翻海上舟紙翦紅燈鬬時様
畫船簫管鬧中秋
夜合花開插鬢旁嬌嬈蛋女太時妝就中輕薄誰家子
貪戀花香上小航
窄袖裙拖鬬細腰夕陽欲下暮烟饒扁舟載得波斯女
雙槳迎風趁晚潮

嶺海鯨翻浪拍天無端棖觸思茫然自從亂定歸鄉井不睹烟花十數年

過不浪舟即事贈主人陳啟標

特訪園林勝香階屐暫停感君能愛士於我亦忘形波影窺簾綠山光入戶青樓臺添幾許此地昔曾經前壬申歲曾來遊

爲惡風波險舟宜不浪名身如天上座人愛水邊行脫俗塵難染臨流影倍清讀公詩句妙韻語想平生君舊作有座如天上詩情洽行近橋頭人影清之句

製得西洋法綠纈選女紅飛空如轉軸飄雪舞迴風捷

想樞機活神通造化工滿園春色好同護綠陰中君以西洋法製車數百架樞機一發旋轉如風一車以一女子督理不過尋繭口續斷絲而已殊省人力所繅之絲精細絕倫眞奇觀也

五色眞迷目樓登眼界高兩行排粉隊萬縷辨秋毫計以奇爭勝思應逸待勞天機徵活潑藉此慰牢騷

又逐雲歸云書窗晝日長幾家同婦子各自課蠶桑業歎謀生拙功憐度日忙無端增百感爲此寄詩囊余鄉素業蠶婦女繅絲各自爲爐殊費人力其絲又不及西洋法之精細也

題伍老伯母課婦育蠶圖

少婦攜籠朝採桑老姑育蠶蠶滿筐蠶眠葉食少蠶起

葉食忙三眠三起蠶漸熟挑燈夜坐聽兒讀兒能飽讀
古今書兒復教兒書滿腹賢孫更屬不凡才壯歲文名
世所推他時報國經綸在知自蠶桑世業來

襄卿偕古樵朗山諸公雅集陳園以詩見寄作此

奉和

陳園地闢半塘邊文酒風流望渺然剩有寒梅供臘月
且留霜菊集羣仙嶺南十二月菊花猶盛開遊蹤昔挈全家住避亂
曾經廿載前甲寅紅匪之亂挈家避於羊城丙辰洋人肆擾復遷於半塘烽火滿城
留不得居半塘越三月歸家空懷往事紀吟箋
庾園廢歲影參差叩戶原無客可邀幸有詩書消永晝

且憑風月對良宵老來酒怯開懷飲春到花憐作態嬌

屋小如舟雲壑住（庚園之南築一室曰雲壑藏舟）此間門徑是漁樵

挂蘭

尋芳春去路東西（此種多產揭陽大埔普寧豐順山中）別具幽姿待品題

香漫獨誇王者貴靈根原不染污泥

小園萬卉逐春開誰料花中有別裁位置想從高處好

應同紅杏倚雲栽

題竹杖

莫道行雲去憑空漸化龍七賢如可作林下欲追蹤

過鹿洲訪黃小泉歸舟遇雨書來問訊作此奉答

輕舟逐浪泛江干雲洞飛泉急似灘雨笠風簑身上着
分明一幅畫圖看
舟行何事怯衣單四月清和更不寒風雨偶逢歸路近
一封書爲報平安

庚園詩草卷下終

男文儆文僩校字

竹筆筒銘

中山氏毛穎翁其先明昞佐禹有功神明之後不與物同拔而出之強記便敏縱橫馳騁固爲文陣之雄宜其中書拜管城封會待詔而効忠退而藏之虛心有友偕隱其中其將與此君子乎弄月吟風

竹劍杖銘

矩可爲方規可爲圓胡爲不方不圓將隨世俗以周旋乎不然脫俗如君奚不爲龍之化徒作劍之形得無泄途仌歷而險阻會經

竹杖銘

予少也既不汝知今老矣相見恨遲吁嗟乎此君周行

我示其跬步之相隨

庾園何君墓志銘

番禺陳璞撰文

君諱秀棣字輝章一字岳緣南海西樵人也曾祖景盛祖彩士父允綱有子四人君最長樸訥渾厚閑逸和雅讀書外無他嗜篤於內行父歿以失養爲憾遇諱日終其身戚戚然事母張太孺人先意承志務得親歡負笈寓羊城友或召之飲輒別自具饌寄歸曰吾母未嘗此也仲弟年三十遽卒撫其孤女如己出叔季兩弟復先後夭折母哭子成病君慰藉百端母病爲起至年七十乃終君居喪毀瘠如不欲生從父某生計甚窘君給其家不使缺衣食從父卒復撫其孤子至於成立以故鄉

黨言孝友咸稱君君寡交游不慕榮利三試不售便不赴考場顧喜爲詩客羊城時嘗與二三知交爲墨花吟課其標榜聲氣之士輒避之既而歸西樵葺庚園爲偃息地閉戶不復出鳥嚦花放日手一卷濁酒一壺陶然自樂而已鄉人皆重君其不逞者欲聚鬥鬨君至棄械潛遁故遇事非君莫決而君顧不得常見生平精岐黃術活人輒效而亦不常爲人治病也君卒於光緒辛巳年十月二十日春秋六十有五所著有庚園詩草二卷配莫孺人子四文耕文佐文儆文倜耕與佐早卒孫一汝洛女四女孫一以明年正月十五日葬君於西樵裏

金星岡之原余與君交數十年不能辭誌墓之請也乃
并爲之銘曰
孝友莘莘先民是程樵山之下澹然寡營嘯歌一室不
出戶庭以內爲重於外則輕人愛碩德歿垂令名金星
灼爍萃于佳城後有達人曜子幽貞

省城龍藏街
萃文堂刊印

右庚園詩亡友何岳緣撰岳
緣少嫻吟詠弱冠自彙所作
曰歷隙艸堂吟稿其時有十
春詩如春雨之類古樵雲題
云昨夜閨門燈下讀最先

擊節十妻吟又虞美人花

七律有兩戒山河作百戰一

韓花鳥注千春之句者推評

其六云骨力雖不甚高而姿

態橫生亦柔物也今閱此集皆

言之不知是自行刪去抑竟
遺佚也然即今所存亦已不
少不必問其位置何等時
爲候蟲鳴其天籟爲極量之
所至而已壬午冬令子妹榮

二

季榮刻父詩屬古樵爲序并
請余與其父亦骨肉交不可
無一言古樵既爲序余因
題其後光緒癸未伍仲贊